U0909871

一蓑烟雨任平生

吴海涛　著

中国财富出版社有限公司

图书在版编目（CIP）数据

一蓑烟雨任平生 / 吴海涛著．—北京：中国财富出版社有限公司，2020.12

ISBN 978-7-5047-7329-6

Ⅰ.①一…　Ⅱ.①吴…　Ⅲ.①散文集—中国—当代　Ⅳ.①I267

中国版本图书馆 CIP 数据核字（2020）第 271050 号

策划编辑 李小红　　**责任编辑** 张红燕　蔡　莹
责任印制 梁　凡　　**责任校对** 张营营　　**责任发行** 杨恩磊

出版发行 中国财富出版社有限公司
社　　址 北京市丰台区南四环西路 188 号 5 区 20 楼　　**邮政编码** 100070
电　　话 010-52227588 转 2098（发行部）　010-52227588 转 321（总编室）
010-52227566（24 小时读者服务）　010-52227588 转 305（质检部）
网　　址 http：//www.cfpress.com.cn　　**排　　版** 北京儒博文化艺术院
经　　销 新华书店　　**印　　刷** 宝蕾元仁浩（天津）印刷有限公司
书　　号 ISBN 978-7-5047-7329-6 /I・0332
开　　本 880mm×1230mm　1/32　　**版　　次** 2022 年 1 月第 1 版
印　　张 9　　**印　　次** 2022 年 1 月第 1 次印刷
字　　数 158 千字　　**定　　价** 48.00 元

好散文不需要多少修饰

——读海涛散文

王宗仁

和与我经常来往的一些作者相比，海涛的散文、随笔有他的独到之处。他所涉及的题材比较宽泛，写作的手法也有多种。读了他的散文我发现，他是一个有心人，处处留心观察，用心品赏生活本味。即使是身边的日常生活，在他笔下也会闪烁出亮光。很少有人写到的石匠、瓦匠、木匠，也被他写得活灵活现。他轻言慢语，追索寻觅乡野往事，他走南闯北，畅游山水，他静坐灯下，苦读史书……最重要的是，他为普通人的日常生活写作，难能可贵！

海涛细致入微地观察生活。在《蛛趣》中他这样写道："我自小就少言寡语，却善于观察，因此能从大自然中发现很多奥妙和趣事，其中给我印象最深的动物就是蜘蛛。”我们不妨看看海涛是如何观察蜘蛛的：“蜘蛛长相很丑，小小的脑袋后面拖着圆圆的大肚囊，八条腿毛茸茸的，让人非常不喜欢。不过它却有着一身为人除害的本领。蜘蛛腹部的丝腺可以分泌黏糊糊的液体，这些液体遇到空气就变成了丝线，可以架设在两棵树之间。织网时，蜘蛛先固定好方位，再一圈一圈地织起来，一道一道的丝线好似地球仪上的经纬线。织好后它便躲在一旁休息，等待着蚊虫自投罗网。”作者这种动静结合的描写，梦幻又现实，充满着迷人的魅力！

海涛的多篇散文读来让人有身临其境之感，长知识，长见识。各种身份的人，大自然中的草木生灵，耳畔的风声雨声虫声，都跃然纸上，从根本上讲，这都是他的平民意识在他的感情中起了酵母的作用。他用感情记录生活，感知世界。

“那土炕上暖暖的被窝，那像娘的怀抱般的温暖和柔情，却再也寻不到了。”海涛在《难以割舍的故乡情》里这样写。娘是这篇散文的主线，也是故乡的魂。“抓一把故乡潮润的沃土，这里面饱含着汗水，饱含着热泪，饱含着深情，饱含着希望。故乡的沃土哟！不管我走多远，不管

路有多长，我都不会忘记，这生我养我的土地，这梦开始的地方。”“用土做的课桌，上面用糨糊糊上纸，那上面留下了我学习的印记。就是这土课桌，寄托着娘的希望，寄托着我的梦想，寄托着那难以割舍的情怀。”作者把娘和土地难分难舍地粘连在一起，把自己对娘千丝万缕的思念拉得很长很长。土地是海涛散文创作的富矿，使他笔下的文字带着湿漉漉的泥土气息！他在家乡的土地上开掘，开得越深远，越纯粹，散文的乡土气息就越醇厚！

《鸽子往事》有两条线交错，明线是鸽子的生存状态和鲜为人知的知识，暗线是怀念勤劳恩重的父亲。野生鸽子是自个儿闯进作者家的，是父亲在屋檐下搭了一排窝，前前后后留住了几百只鸽子。父亲珍爱鸽子，“把鸽子蛋积攒下来给我们当营养补品，他自己从来舍不得吃”。鸽子越来越多了，吃得也就多了，父亲就骑着自行车到田地里捡一些落下的小的或不太好的玉米粒，给鸽子准备过冬的粮食。作者写父亲喂鸽子时“像一位将军站在中间，成群的鸽子‘咕咕咕’地站在四周，好像在听从将军的命令。待父亲从口袋里拿出玉米，撒在地上，成群的鸽子开始低头觅食，任凭父亲怎样惊吓都阻止不了它们抢食，但要是外人轻轻地靠近，它们便会警觉地起飞”。野生的鸽子如此乖巧地听指挥，父亲不像将军像什么？这篇散文的结尾甚妙！这数十年间，作者也许淡忘了好多事，但是不忘对家里鸽子窝的牵挂。“自从父亲走后，鸽飞巢空。偶尔回家看到老宅的房檐下，依然吊挂着成排的鸽子窝。虽然窝在，但鸽子因主人的离去，也自然淡忘了对老巢的旧情。”

好文章并不需要多少修饰，短短几句结尾，就把我们的思绪引向远方，很值得回味……

相信海涛的下一部散文会更好。期待！

王宗仁 笔名柳山，陕西扶风人，1957 年毕业于陕西省扶风中学，1958 年入伍，历任见习干事，新闻干事，总后政治部创作室创作员、主任，中国散文学会副会长兼秘书长，中国散文学会名誉会长。著有作品集《雪山采春》《鲜花开在山那边》《荒原与人》《地平线》《睡狮怒醒》《日出昆仑》《情断无人区》《太阳有泪》《藏羚羊跪拜》《青藏线》《藏地兵书》《藏羚羊背上的可可西里》等 40 余部。获全国第一届优秀报告文学奖、中宣部“五个一工程”奖、鲁迅文学奖等奖项。

做人有厚度，文章有深情

凸　凹

吴海涛是一个有厚度的人。

之所以说他有厚度，是因为，从相识那天起，我就见识了他从容自如的作风，说话、做事、待人、接物，总是不疾不徐，有恒常的节奏。在大家高谈阔论的时候，他只是倾听，常常因为沉默而被人忽略。但是，当大家所议论的话题到了纠结无解的时候，他却能适时地给出一个让人豁然省悟的答案，使谈话峰回路转，进入清明之境。我们不禁赞叹：这个从不显山露水的人，却有满腹的山水。当大家热情消减、哀叹幻灭的时候，他却能适时地找到一个开拓的支点，无怨无悔地埋头精进，风生水起地做出一番成绩。我们不禁赞叹：这个貌似不与时代合拍的人，却有着最强烈的时代精神。

如今，他是北京市重型电缆厂总经理，北京市房山区第六届、第七届政协委员，第八届政协常委，北京市房山区工商联常委、副主席，中国电线电缆商会副理事长，北京书法家协会会员，房山区作家协会副主席，北京市工商联慈善协会理事，已是著名的企业家和社会人士。

去年，他给我提来两大袋子散文手稿，叫我闲暇时浏览一下，看看成色，若是尚可，准备出一本散文集，给亲朋好友分享。他还羞涩地一笑，说："如蒙不弃，很想请您给作篇大序，以壮声色。"

看着他这巨量的手稿，我大吃一惊：没想到，他不仅风生水起地搞企业，还不声不响地搞写作，而且还有这么大的成果！

送走他之后，在好奇心的驱动下，我立刻投入阅读。一读就被书稿内容强烈吸引，不忍释"稿"，三天，全部读完。我感到，他的散文言之有物，如物在场，质地淳朴纯粹，所记录的都是自己的生活感悟、生命体验，所阐释的都是大自然的启示和大地上的哲学，给人以实实在在的滋润。

远望现在的文坛，大多是功利化的写作，与现实的隔绝和自身生活储备的不足，使写作者陷于“假”，在纸上无病呻吟。而像吴海涛这样立足于生命本体的写作，因无额外的考虑，均是自然流淌的状态，一如树大自直、真金自赤，他所呈现的都是货真价实的感情结晶，处处有来路，处处有依托，因而是质胜之文，初读会心，续读共鸣，终读受用。

这样质地的文字，我认为可称上品。

读完吴海涛的诗文，再反观他这个人，我不禁感到：他的为人，之所以有那样的厚度，根本就在于他有很深的诗书底蕴。当人们在追逐物质的路上，因为跑得太快而丢失了灵魂的时候，吴海涛自觉地“慢”了下来——他不仅打拼事业，也热心地培养心灵，他用每日的读书写作，让物欲退场，给精神生活留出应有的位置。这就使他的生命气象有了脱俗之处，远离了马克思所说的“人的异化”。

因为有了诗书底蕴，所以他不仅生活，而且还思考生活。他在《日子》一文中说：“我们生活在编程好的日子里，从早到晚重复着生活的故事……”这种“重复”往往让人麻木，从而失去对生活的热情，进而也失去进取的精神。对此，他有清醒的认识，提醒自己不要在麻木中钝化，他告诉自己，即便是被纳入编程的日子中，自己依然是能够掌控日子的，那就是看重生活的过程，认真“经营”日子。

为了给自己的“经营”提供动力，他放眼大自然，把大地上的“泥土情怀”转换成自己的生活情怀。在《泥土的情怀》一文中，他对屋檐下的两只燕子有十分细腻的描写：“不知从哪里飞来两只燕子，它们在院内飞来飞去，像在勘察地形，选一个安全、通风、不漏雨的地方筑巢搭窝。它们每天都衔来一些泥土，用唾液润湿，一点一点地筑巢……燕窝的口处露出几只小脑袋，叽叽喳喳地叫个不停，燕子将捉来的小虫一口一口地喂给每一只雏燕……”这给吴海涛以极大的启示：燕子虽卑微，却不忘记飞翔，飞翔的高度虽然有限，但也毫不懈怠，因为它们有担当，而且眼中有未来。所以，他找到了生活的依据，即扎根泥土，热爱乡梓，以燕子一样的飞翔姿态，一点一点地“衔”来生活的质料，在卑微的贡献中，垒起生命的高度。

为了提升自己“经营”的能力，他回望父辈、回归传统，注意用乡村理论和民间美德涵养自己。在《父爱如山》一文中，他对父亲无言的爱有深刻的感悟。父亲是个乡村木匠，虽然技艺是他谋生的手段，他却不止于技艺——对自己要求严谨，做工精细；对自己的儿子，不仅严于传

承，还鼓励创新。对吴海涛来说，是“工匠精神”奠定了他坚实的人生基础，是创新思维助推他不断前行。

总之，读吴海涛的散文，其实就是在读他的现实人生。他不仅是作家，还是生活中超凡脱俗的智者。

他的厚度，他的成功，就在于他选择了一种“亦耕亦读”的生活方式。诗书，让他有通透的眼光，能看清生活本质，因而能洞明世事，做到人情练达，举止从容。即便是从事企业经营，他也有精神内涵，有儒雅的风度，不急功近利，更不见利忘义。每年都向公益组织大量捐款，因而成为慈善界的模范人物。

吴海涛不仅喜欢读书、写作，还擅长书法，而且功力不凡，作为北京书法家协会会员，他把诗书底蕴向更广阔的领域延伸了。

无论如何，他再一次有力地证明：文学的确使人内心强大，不管现实如何变化，文学都能让人泰然处之，做到不患得患失、不迷失自我，在滚滚红尘中，人格高拔，卓然秀出。化成一句话：文学能照亮人生。

凸凹 本名史长义，著名散文家、小说家、评论家。1963年生，北京房山人。中国作家协会会员、北京文联理事、北京作家协会理事、北京评论家协会理事、北京作家协会散文委员会主任、房山区文联主席。

创作以小说、散文、文学评论为主，已出版著作40余部。其中有长篇小说《大猫》《玉碎》《玄武》以及“京西三部曲”等12部，中短篇小说集3部，评论集1部，散文集《以经典的名义》《故乡永在》等30部，总计发表作品800余万字，被评论界誉为继浩然、刘绍棠、刘恒之后，北京农村题材创作的代表性作家。

近60篇作品被收入各种文学年鉴、选本和大中学教材，作品获省级以上文学奖30余项。其中，长篇小说《玄武》获北京市建国六十周年文艺评选一等奖和第八届茅盾文学奖提名奖。曾获冰心散文奖、第二届汪曾祺文学奖金奖、老舍散文奖、全国青年文学奖、十月文学奖和第五届北京中青年文艺工作者德艺双馨奖，2013年被授予全国文联先进工作者称号。

目　录

辑一　最是故乡情

辑二　乐游小记

辑三　生平感悟

辑四　万物有情

辑五　那人，那事

辑一　最是故乡情

2017 年 4 月 1 日，一则爆炸性的新闻让一个小县城——雄县沸腾起来，中共中央、国务院把雄县、安新、容城三县及周边部分地区合并设立雄安新区。全国各大媒体纷纷报道。这一特大喜讯，使我这个地道的雄县人也自然随之振奋，长夜难眠。虽然我已搬离了生我养我的那块土地，可那种眷恋早已融入血液中，长在骨子里……

雄安儿女荷花情

最亲莫过于母亲，最爱莫过于家人，家总是能给人带来温馨。家里的故事融在人的血液里，长在骨子里，不管你飞得再高、走得再远，“家”始终让我们难以割舍，难以忘怀。

我生长于河北雄县，坑坑洼洼的小路、养育我的庄稼地、流淌着的小河、河里游动的鱼虾，还有大片大片的荷花和芦苇都让我难以忘怀。我喜欢花，尤其是花的性格。梅花不惧寒冷，在风雪中挺立，不与别花争芳斗艳；茉莉花香气怡人；牡丹花富丽华贵……在这么多花中，我最喜欢的是荷花，故乡的荷花。因此，我对荷花有一种特殊的感情，在我心目中，它就像我家乡的亲人，从它的身上我能看到家乡人的影子，也许是品性相同的缘故吧。

翻开文学书刊，最爱读的就是朱自清的《荷塘月色》，“曲曲折折的荷塘上面，弥望的是田田的叶子。叶子出水很高，像亭亭的舞女的裙。层层的叶子中间，零星地点缀着些白花，有袅娜地开着的，有羞涩地打着朵儿的；正如一粒粒的明珠，又如碧天里的星星，又如刚出浴的美人。微风过处，送来缕缕清香，仿佛远处高楼上渺茫的歌声似的。这时候叶子与花也有一丝的颤动，像闪电般，霎时传过荷塘的那边去了。叶子本是肩并肩密密地挨着，这便宛然有了一道凝碧的波痕。”文章中描写的荷花，背下来便总也忘不了。

我喜欢荷花，是因为它对我的童年产生了很大影响，对荷塘的情怀深深扎根在我的内心。

老家是白洋淀边上的一个小镇，荷花随处可见。荷叶最妙的用处是可以代替包装纸，早年间，小镇上做买卖的人都是用荷叶包裹商品，特别是卖鱼卖肉的。由此我对荷花便有了浓烈的好感！在学习朱自清的《荷塘月色》一文时，我格外用功，直到倒背如流。

孙犁的《荷花淀》对我影响也很深。孙先生是我的老乡，他的文章读起来更感亲切，有浓浓的乡土情怀。特别是那大段的人物内心独白，抒发出淀里人那种儿女之情、骨肉之情、乡邻之情。出于对家乡的热爱和对自由的向往，白洋淀里血气方刚的青年、温柔多情却又坚贞勇敢的农村妇女，竞相拿起刀枪保卫自己的家乡。

晚上，水生一个人回来，他的脸有些涨红，说话也有些气喘，笑得也不像平常。作者用几个细微的变化，把人物内心的不平静写了出来。“明天我就到大部队上去了。”听了这句话的水生嫂“手指震动了一下，想是叫苇眉子划破了手。她把一个手指放在嘴里吮了一下”。苇眉子就是家乡编席子时用碌碡碾扁的苇皮子，手被苇眉子划破用嘴吸出血这一动作，表现出家乡人的敦厚质朴。

“不要叫敌人汉奸捉活的。捉住了要和他们拼命。”当丈夫去部队前意味深长地说出这么重要的两句话时，水生嫂再也抑制不住内心的情感，哭了出来。几句朴实的语言表现出战争的残酷，展现了忠贞不屈的燕赵儿女气概。临别时，水生的父亲说：“水生，你干的是光荣事情，我不拦你，你放心走吧。大人孩子我给你照顾，什么也不要惦记。”在国家危难之际，本该享受天伦之乐的老人选择舍小家顾大家，明知可能会面对白发人送黑发人的境地，他还是义无反顾，没有惊天动地的语言，却彰显出了雄安人民那种无畏的精神。乡亲们在打鬼子的事情上达成了一种心灵上的默契！

过了两天，女人们决定去部队看望打鬼子的丈夫，她们虽记挂着丈夫，可说起来偏偏言不由衷，遮遮掩掩，用显然是事先想好的送衣裳、有要紧话说、婆婆让去作借口，充分体现出女人们的含蓄。她们既希望见到自己的丈夫，但又怕被人说“拖尾巴”，所以才找了这各种借口。作者以此烘托出年轻妻子的可爱，使她们的形象更为丰满。未见到丈夫，她们心里像无船的水面一样空荡荡的。她们有点失望、有点伤心，“各人在心里骂着自己的狠心贼”，这嗔责中却带着一种燕赵儿女的骄傲和豪情。

2017 年 4 月 1 日，一条重要新闻炸开了：雄县、容城、安新三县及周边部分地区合并设立雄安新区。

雄安新区是继深圳经济特区和上海浦东新区后，设立的又一个国家级新区，其重要功能是承接疏解北京非首都功能。昔日发展缓慢的小县城，正如城外曾经干枯又恢复波光粼粼的白洋淀，呈现出“映日荷花别样红”的风采。

难以割舍的故乡情

早春二月，随着天气渐渐变暖，我的心情也愉悦起来。三月三过后就下起了毛毛细雨，近看，好像一根根牛毛，又像一根根细小的银针；远看，似一层薄雾，又如淡淡的白烟在轻轻地飘动。站在宽广雄厚的土地上，透过薄雾向远方望去，深深呼吸一口新鲜而熟悉的空气，沁透心脾。一串泪珠从脸颊流到嘴角，又从嘴角滴落在地上。站在故乡的土地上，我的内心激动而复杂……

我的家乡在雄县一个偏僻的小乡镇，我自幼深爱着这片土地，为这片土地而骄傲，也为这片土地而惋惜。

著名书法家田伯平和我是同乡，他在《我回来了——梦中的故乡》中饱含深情地写道：“我回来了——梦中的故乡……还记得村东头那条羊肠小道么，那是我挥一挥衣袖的地方。我娘的背影几回回在梦中交织，让我魂守难忘。”

不由回忆起自己的母亲在村头地里劳作的情景，那片土地是全家人生活的保障，土地里种植了希望，种植了深情。从春到冬，母亲把大部分的心思放在了这片土地上。粮食收获后，除留种子、口粮外，其他的要拉到市场上卖，作为全家人的经济开支。我们兄妹几个的学费，都是母亲咬紧牙关从日常生活里一点一点地积攒下来的。春节的时候，母亲满心欢喜地把卖粮食的钱拿出来，去买上几斤只有过年才能吃上的猪肉。母亲种植的这片土地将我养大，供我读完了大学。每次回家我都会站在村头满怀深情地望一望那片土地，心里默默地念起田伯平先生的诗：“抓一把故乡潮润的沃土，这里面饱含着汗水，饱含着热泪，饱含着深情，饱含着希望。故乡的沃土哟！不管我走多远，不管路有多长，我都不会忘记，这生我养我的土地，这梦开始的地方。”

离开故乡多年了，楼越住越高，生活越来越富足，可当年那热乎乎的土炕，那土炕上暖暖的被窝，那像娘的怀抱般的温暖和柔情，却再也寻不到了。拉动风箱，燃烧玉米秸秆，用大锅熬出的玉米山药粥，还有自家菜园种的小葱，用来蘸酱……故乡的味道早已融入血液里，不管走到哪里，再好吃的大餐都比不上那口故乡味儿，那股固有的味道早已烙印在我心上，让我难以忘怀。

童年时最熟悉的莫过于那上工的钟声，听到响声，村里的父老乡亲就齐聚到村中的大槐树下，男人们或卷上一袋旱烟，女人们或扯扯家长里短，便准备下地干活。少年时听着学校的钟声，上课，放学。用土做的课桌，上面用糨糊糊上纸，那上面留下了我学习的印记。就是这土课桌，寄托着娘的希望，寄托着我的梦想，寄托着那难以割舍的情怀。老师从小学教到初中，从汉语拼音教到《曹刿论战》《黔之驴》，直教得我们能够将其倒背如流。那时放学后，是不能回家的，得先去地里拔猪草，醋醋溜、马蔬菜是猪最爱吃的。那份对故乡的情，对故乡的爱，用语言和文字是无法形容的。

在那个难忘的年代，情是真切的，爱是发自内心的，人与人之间是平等的，心与心是相通的。农闲的时节，婚丧嫁娶，盖房修舍，村里都要互相帮工。帮工是不收工钱的，你帮我，我帮你，条件好的管顿饭，遇到条件不好的还要支援一下。谁家有个小灾小难，邻里乡亲都会拿上几个鸡蛋，带上一点粮食去看望。说实话，我就是吃百家饭长大的，娘生下我后因营养不良没有奶水，我是靠村里的大娘你一口、我一口地喂才活下来的。这份恩情不是花多少钱就能报答得了的。

娘走了，走在异乡。可不管多远，我也要送娘回故乡，把她送回生她养她的大地。我怀抱着娘的骨灰从遥远的异乡回到了故乡。下车后，我惊呆了！乡亲们都等在那里，迎接娘的“亡灵”回归故里。我的泪水不由得落下，滴落在用黄布包裹着的骨灰盒上，悲伤与感激之情交织在一起，这份难以表达的情使我更加热爱这片故土，更加热爱故乡的人。

鸽子往事

鸽子是和平的象征，也是人类的好朋友。但说实话，我并不喜欢鸽子，甚至还有些讨厌。父亲在世时老家养了一群鸽子，不是买来的，是这群鸽子自己选择了我家的五间大瓦房，经常落在屋檐下。父亲常给它们撒些玉米粒、小麦粒，时间久了，它们就自然而然地住了下来。起初就两只，后来越来越多，父亲在屋檐下搭建了一排窝，自此，父亲便与它们成了朋友。鸽群也有不和谐的时候，偶尔也打上一架，难分胜负，整个场面看上去还是挺激烈的。每次回家，父亲都像孩子般叙说鸽子的故事。渐渐地我对鸽子有了一点兴趣，偶尔会从书刊上读一些有关鸽子的小常识。今天写此文章，先是怀念父亲，再就是随笔闲聊而已。

自从离开老家来到北京，我听惯了鸽子的叫声——北京人爱养鸽子。鸽子的种类有很多，按生活环境分，有野生鸽子和家养鸽子；按用途分，有信鸽和肉鸽；按其现存种类分，有原鸽、岩鸽等。尽管鸽子的种类复杂，但它们叫声相似，都是“咕——咕——咕”。北京人给鸽子起名，也是带讲儿的，常以鸽子的身形和羽毛的颜色命名。一般养鸽子，家鸽以“点子”为主要品种，因为它比较容易调驯，而且记性好，善飞。家鸽的名称取决于它身羽的形状，比如头上有黑色立羽的叫“凤头点子”，俗称“凤”；头上没有立羽的叫“平头点子”；头形浑圆，正中有黑羽像滴了一点墨的叫“黑点子”；头上没黑、紫之羽，羽尾是黑色或紫色的叫“倒车儿”，也叫“倒插儿”；全身洁白没杂色的叫“鹭鸶白”……“墨环”是京城家鸽的名种，所谓“墨环”，指全身洁白，只有颈部是黑色的鸽子。将听来、读来的一言半语，回老家讲给父亲听，父亲连连点头，其实我也只是拾纸墨之一二，并不懂其中的奥秘。

每到五六月是鸽子下蛋最多的时候，鸽子是群居动物，随着大量的鸽子入住，鸽子蛋也越来越多。此时，父亲就把鸽子蛋积攒下来给我们当营养补品，他自己从来舍不得吃。他总是说：“鸽子孕育生命也不容易，再者我身体也好，根本不需要补。”

后来，成群的鸽子住满了房前、屋后，多的时候有几百只。父亲每天早晨起来先打扫鸽舍，后放吃食，鸽子多了，吃得也就多了。有一年中秋回家和父母团聚，很晚了还不见父亲的踪影，我着急地问母亲："父亲去哪里了？怎么还不回来？"母亲告诉我："去地里给鸽子拾粮食了。"秋收时，地里收玉米收不干净，会落下一些小的或不太好的颗粒在地里，父亲就骑自行车到地里去捡些回来，给鸽子当过冬的粮食。原来冬天下雪后，鸽子无处觅食，只能等待父亲撒玉米粒喂养，每天需要十几斤粮食。母亲多次让父亲杀几只吃，父亲总说："它也是一条生命。"

父亲有一张严肃的面孔，说话总带着一种生硬的口气，给人一种很倔强的感觉，我自幼便对父亲有一种惧怕感，但鸽子从不怕他。每天早晨，父亲就像一位将军站在中间，成群的鸽子"咕咕咕"地站在四周，好像在听从将军的命令。待父亲从口袋里拿出玉米粒，撒在地上，成群的鸽子开始低头觅食，任凭父亲怎样惊吓都阻止不了它们抢食，但要是外人轻轻地靠近，它们便会警觉地起飞。

在科技发展的今天，人类从鸽子身上吸取了很多灵感：模拟鸽子的眼睛结构，研究出鸽眼式电子警戒雷达，这种雷达对安防发挥着重要的作用。

自从父亲走后，鸽飞巢空。偶尔回家看到老宅的房檐下，依然吊挂着成排的鸽子窝。虽然窝在，但鸽子因主人的离去，也自然淡忘了对老巢的旧情。

小　名

记忆里，老家人都有小名，老老少少，小名土得掉渣，但每个人的小名却印着乡野间天然的生命力和亲和力。乡土里的小名，在梦里时常喊出，惊醒后依然透着亲切，难以忘怀。

我的家乡在河北农村，祖祖辈辈是淳朴的农民，农民对名字没有赋予太多内涵，只是把形象的植物、物件、用品及所追求的梦想结合在一起，便有了名字，名字通俗、简单、接地气。

村里叫富贵、满仓、大屯的有很多，因为在物资缺乏的年代，人们能想到的就是温饱；温饱问题解决了，人们便把名字和社会发展联系在一起，村里有了时代造就的名字，例如，国庆节出生的人就取名国庆，1949 年出生的人就取名建国，此外还有革命、前进、大队、小队、分社、全民等与时代有联系的名字。但名字只能代表一个时代，却代表不了自己的命运。

旧社会的乡村生养孩子是难事。孩子在生下来时，或成长过程中夭折的不计其数。女人生出十个八个孩子，最后长大成人的不过就两三个，所以人们给孩子取名时就常常借用些动物的名称，为孩子增添些生命力强大的虎狼之气。在老家，邻居家四个儿子，分别叫老虎、狮子、豹子、天狼，这几个兄弟确实生猛，小时候打架够狠，长大后个个虎背熊腰。但也有人家按工具名给孩子取名，比如钳子、扳子、锤子、钎子，取这类名字的父母是希望孩子能够像铁一样刚强。

这些名字多为村里底层没文化的乡里人所取，虽然听起来土气，但从这些名字中就能感受到农村人的朴实、厚道和倔强。

母　亲

回忆，让眼前的一切变得簇新。记忆里那些美好的往事偶然从思绪中扯出，让人心头洋溢出阵阵惊喜，更让我领悟到万物都在循环着一个程序，从祖辈到父辈，再到子孙后辈都重复着类似的故事。人生有说不完的话，干不完的活，走不完的路，但在这纷纭无序中却有永恒的东西，那就是母亲的爱。

母亲是一个淳朴的农村女人，却闪烁出许多光芒：一头短发，引领了当时潮流，一件粉红色小袄，给枯干贫瘠的土地增添了一点闪亮的色彩。她中等身材、不太高，走起路来沉重而稳健。不善言辞的她，是镇里为数不多的高小毕业生。她能打得一手好算盘，又准又快。由于外公家是上中农身份，本有发展机会的母亲被耽误了前程，犹如被笼上了一个不让发光的罩子。

“文化大革命”时期，村里要组织文化学习，村支书请母亲带领妇女学习报纸，母亲就组织夜校组里的妇女在田间地头学习。在休息的空当，母亲站在高一点的坡上，给乡亲们朗诵“文化大革命”时期的新闻战报。村支书告诉父亲，村里缺有文化的代课老师，想让母亲给孩子们上课，母亲得知后非常高兴。但报到公社后，公社干部看母亲是上中农身份，直接否决了。

我总想，母亲就像苦菜花，童年时失去了母亲，根苦；自己勤奋努力到了高小毕业，却因身份问题屡屡受挫。

母亲对我们兄妹几个的教育从未松懈，总对我们说：“只要你们努力学习，我和你父亲砸锅卖铁也会供你们。”特别是我，母亲总夸我有灵性，有天分，可我不争气，点灯熬油地只考了个大专，这让母亲失望了多年。本想来年复习再考，却因家庭经济拮据放弃了。所幸，我的信念没有改变，最终在生活中寻到了一条自己的出路。

父爱如山

不知道为什么，随着岁月流逝，闲时总回忆往事。记得小时候被人欺负时总会自然地说：“我回家告诉我爸爸，让我爸爸打你。”哭泣着回到家后，总是缠着父亲，在他面前委屈地告上一状，直至我累了靠着他肩膀睡去。那时候，父亲的怀抱像温馨、平静的港湾；他的肩膀仿佛是座大山，坚实、牢固，只要靠着它，感觉天就不会塌下来。

当然，父亲有时也是很严厉的。记得一年夏天，家乡的雨水很多，村庄周围的大坑里、池塘里都积满了水。我带弟弟偷偷地到池塘摸鱼、玩水，结果弟弟掉到河里差点淹死。父亲赶来后，拿着小树枝把我们撵回家暴打一顿，还让我在院子里的老椿树下罚跪，整整跪了半天，后来还是母亲求情才算了事。从此，我对父亲不单有依赖，更有敬畏。

不知从什么时候，我开始变得叛逆，不想听父亲的话。一次他对我说："天冷了，出去的时候多穿些衣服。"年轻嘛，总想着美丽动人，我自然不会听，大冬天的，只穿了一身薄薄的单衣。结果可想而知，我得了一场重感冒。父亲知道后，给我买药、端水，晚上还给我加了一床被子让我出汗，他就这样守着，但也严厉地批评了我。

他的话刺痛了我的内心，从此我更加叛逆，还会莫名暴怒，"行了，行了，烦不烦，我都多大了，你还管？"说完闷声离去。有时候心里又有些懊悔，觉得自己对父亲实在是有些过分了，然而当父亲的唠叨和不厌其烦的怒骂声环绕在我耳边时，我总会不由自主地任由自己的独立与自尊占据主导地位，反驳父亲。叛逆使我与父亲之间形成了一道不可逾越的鸿沟，与父亲顶嘴也成了家常便饭。我常常感到父亲仿佛有一双巨大的魔掌，而我只是一只被他掌控的小可怜虫，任他摆布，犹如一头牛在他鞭子的压迫下，默默地忍受，悄悄地期盼着自由的到来。

父亲是一个木匠，且希望我继承他的手艺，他经常絮叨说："家有千金，不如手艺在身。"初中的假期，父亲要我和他学做木工活，他要求严格，我非常害怕，干起活来总畏首畏尾不大顺利。父亲是个急性子，对木工手艺要求严格，达不到他要求的我经常挨批评。我下定决心，不能走和父亲一样的路。

父亲是一个注重培养孩子的人，总对外人讲："孩子只要好好学习，生活再穷、再紧也要供孩子上学。"可能是不愿意干木工活的原因吧，所以我很刻苦地学习。终于有一天，我拿到了大学录取通知书，虽然不是名牌大学，但也算得上是本地区的最高学府了。我感到一种仿佛即将被释放的快活，心想：从此可以离开父亲的视线了，我自由了，可以在蔚蓝的天空下自由地飞翔了。

学校在离家很远的一个小县城，坐公交车需绕一个大弯子，可能是为了省钱吧，父亲决定骑自行车送我去学校。

开学的前一天，天不亮，父亲就把我喊醒，他让我简单地把行李收拾一下，然后他把行李捆绑在自行车的一边，并在自行车后车架上垫了一块旧布，怕我坐的时间长难受。经过一天的行程，终于在天黑前赶到了。由于家里活忙，父亲要连夜赶回去，分手时父亲目不转睛地望着我，他饱经风霜的脸上挂着一丝满意的笑容，粗糙的大手举过头顶使劲地挥动。我的目光突然凝聚在父亲的额头，我惊异地发现他的黑发上多了"白霜"。父亲的身影渐渐地远离了我的视线，消失在拐弯处。我心里有一种莫名其妙的失落，仿佛失去了依靠的大山，我的鼻子不禁酸楚了。

我学习的专业是让农村人看不起的农业种植技术，也就是说，学成后也只能是一个有知识的现代农村人，只是有个文凭而已。毕业前一年的中秋节，我回家看望父母。一天深夜，院中洒满月光，父亲独自坐在椿树下，他眉头紧锁，吧嗒吧嗒地抽着旱烟。家里孩子多，且都到了谈婚论嫁的年纪。父亲一个人的收入，既要养活全家，还要每月给我交学费，家里根本没有积蓄，想给儿子盖上几间能娶媳妇的新房，根本就是天方夜谭，贫困压得父亲喘不过气来。再加上，当时班里的很多同学都通过个人关系，进了有发展前途的行业工作。为了给我找一个能挣钱而且有发展前途的工作，父亲只能无奈地找了表哥。

表哥是一个文化人，在文化部古建队工作，通过他的推荐毕业后我被分配到了文化部古建队，负责修缮古建筑工作。修缮古建筑要求修旧如旧，而且要把整体的修缮项目亲自放样制图，我对这份工作非常满意。再加上，这份工作是双工资，一是机关里给的工资，二是抢救修缮的劳动工资，整月下来 300 多元，在那个年代，能拿到过百元的工资就相当高了，为此父亲也非常高兴。

由于父亲是一个木匠，他对我学习古建筑修缮的技术非常重视，总是鼓励我要把修缮古建筑的技术认真地学习好，并且还让我在休息时间到专业的院校学习。通过学习，我对古建园林的木作、瓦作、油漆、彩绘有了更深层的了解。每次学习回来，我都把木作的知识和设计过程讲给父亲听，他每次都很认真地听我讲，重要的地方还会记录。自此，我们父子之间的关系也有了很大的改善。

父亲严厉倔强的性格影响了我，但在内心深处我是怕他的。童年时怕他——因为顽皮，我总闹得家中不安宁，怕他打我；少年时怕他——因为怕他检查我的作业和成绩；青年时怕他——因为他总絮叨个不停，催我做这做那，让我觉得心烦意乱；再后来怕他——怕他身体江河日下。

后来，父亲走了，很多年后，严父的形象总是在我脑海挥之不去。他真的就像一座大山一样，永远地立在了我的心里。

家乡豆腐坊

“每逢佳节倍思亲”，这是诗人王维的佳句，每当忆念家乡亲人，总忍不住沉吟此句。现如今离开家乡几十年了，双亲已故，对家乡的思念之情却越来越浓，特别是怀念家乡的风土人情。

我是一个嘴馋的人，爱吃好吃的，我曾对友人开玩笑说：“对身外之物不要计较，自己多注意身内之物为好。”我的解释：身外之物指衣、住、行，身内之物指食物，是直接与身体健康相关且解馋好吃的东西，当然我说的是玩笑话。家乡确实有几道特殊的风味，回想起来虽然别处都有，可比起家乡的味道总差很多。

年少时，家境贫寒，温饱将就，更不要提好吃的了，只有逢年过节才能解馋。即便年前买点肉也只能买肥膘，炖肉时要把肥油炼出来，用勺撇出封存好，来年开春炒菜炝锅用，炒出的菜好吃，余下的肉或炖或红烧。那时虽然嘴馋，但也吃不了两口，肉太腻太肥，可要是加点豆腐、豆泡就不一样了，兴许能吃上一大碗。说起豆腐，那是我的最爱，“豆腐处处有，唯有家乡浓”。可能是吃习惯了的原因吧，我对家乡的豆腐有一种特别的情感。

家乡小镇上有三家豆腐坊，村西老韩家，村东老蒋家和村南老谢家，豆腐味道各有不同。小时候没有发现特别之处，只觉看起来都是白白的，但人大了吃起来就品出了不一样的味道。听人一说才知道，原来是点制方法不同，老韩家用的是石膏，石膏豆腐属新做法；而老蒋家用的是盐卤，盐卤是传统做法，“盐卤点豆腐，一物降一物”，家乡人都知道。每天早晨天刚亮，大街小巷就会传来当当的木梆声和沿街“豆腐、豆腐”的叫卖声。说是他们的叫卖声和木梆声唤起黎明一点也不为过，小镇沸腾起来，大街上的油条豆浆、烧饼老豆腐、油饼豆腐脑……全都活泛了起来。家乡的豆腐脑是用麻酱调味，这是它的特别之处，只有家乡才有。到中午便是豆腐丝、豆腐块、熏豆腐、炸豆泡、炸豆腐丸子，到晚上就是沿街叫卖的“臭豆腐、酱豆腐”。农忙了一天，农民听到叫卖声，都会出来买上几块，或用自产的黄豆换上一两斤。晚饭是简单的大铁锅贴饼子，抹上一些臭豆腐，虽然闻起来臭但吃着可香了。

豆腐坊是简单的门面房，挂一块菱形招牌，上面写着斗大的“豆腐”二字。其他的买卖门脸也同样挂着幌子，弹棉花、缝衣社、铁匠铺、杂货铺、小饭馆……不同的是，豆腐坊的门脸就上午开门，因为店家得凌晨两点开始磨浆，所以下午泡上第二天的豆子后就关门休息了……

家乡豆腐的制作过程是，先提前用家乡含矿物质的水将豆子泡上，然后将泡好的豆子用石磨磨成浆，边磨边用溜子水点在磨盘顶的黄豆上，黄豆随着磨盘转动漏入磨孔，在上、下两扇石磨的磨制下变成乳白色的浆，浆流入一个大的木桶，桶满后过滤掉豆腐渣。其实豆腐渣可油炒食用，也可喂猪。一家豆腐坊一年下来可用豆腐渣养七八头百十来斤的大肥猪，这也是一笔不小的收入。过完渣子后，把浆加温，随后放入大桶点卤。点卤可是一门技术活，得豆腐坊的把式或掌柜亲自点，老了出量少，嫩了不成团，好坏就看把式的手艺。点卤后压制，便成了现在的豆腐。豆腐的滑嫩清香，和水有很大的关系，有经验的人认为，天下水最好的地方，往往也出美味豆腐。

我为什么这么熟悉豆腐的生产过程呢？因为村东开豆

腐坊的老蒋就是我家邻居，儿时放学经常光顾。每次帮忙干活儿后老蒋都会奖励我一块豆腐。

现在，现代生产线已取代了传统工艺，从泡豆到打浆，全部采用机械流水作业，一天的生产量是传统工艺的 50 倍，不仅解放了劳动力，也提高了效率、效益，而且形成了工艺化生产模式，促进了产品的深加工能力。每次回老家，都要光顾老蒋家的豆腐坊，虽然老蒋不在了，但他儿子还在干，坊变成了现在的厂房，传统的石磨变成了电磨，但口感和味道没变。

母亲在的时候总会给我做上一顿豆腐宴，我最喜欢母亲做的鲇鱼炖豆腐和大肉炖豆泡。母亲走后，回家的次数少了，但每次回家或老家来人总会带点老家的豆腐。虽说吃了很多地方的豆腐，但只有老家的豆腐才是藏在我心底的味道。

梦里百草园

朱漆凋落的大门、古朴的石墩、苍翠的老槐树……我曾在偌大的京城住过几处，但几度风雨后，唯独百草园刷新了我脑海中的记忆……

我第一次随太爷爷进北京是在睡梦中来了百草园。睡梦中被人抱着放在了一张大床上，睡惯了土坯炕的我，第一次睡大床还真有些不适应。总翻来覆去地做噩梦，在野地里撒尿习惯了的野孩子，把大床当成了田间地头，随便就撒了一泡，身都没翻就睡了过去。听到太爷爷叫我时，才感觉到身下冰冰凉。太爷爷笑着说："第一次进北京就大水冲了龙王庙。真的是天不怕，地不怕，好样的，哈哈哈。"也听不懂太爷爷是在夸我还是损我，但这些都装进了我六岁的记忆里。

第二天才看清楚这是一个大大的院子，蓝墙红柱，高高的台阶，门前挺立着一棵又高又大的古槐，房前的古柏与古槐幽幽地喃语；一块块厚实的大青砖嵌满整院，烙着属于二爷爷、二奶奶、叔叔、伯伯、姑姑的出出进进的足迹。

春风徐徐，百草丰茂，干净的石板路平滑整齐，野惯了的农村孩子在上面跑来跑去，记不清光着脚丫与细嫩的草茎有多少次亲密接触，软绵绵的草很舒服，像极了故乡的沙土地，现在想起来更像是松软的地毯。那只是我似乎丢失的童年记忆，猎猎的风儿，刮走了百草园的春。

夏日时节，大家在树下乘凉，太爷爷倚靠在用竹子编制的藤椅上，沏一壶高末茶，满院清香。听太爷爷讲老吴家发家的故事，虽然听不懂，可看他脸上洋溢着笑容，便知一二。他使劲摇摆着手里的大蒲扇，有时也捶胸顿足地骂个不休，二爷爷和二奶奶还得一个劲儿地劝，不时地给太爷爷的小花壶里加水。太爷爷有时也会讲一些有趣的事，逗得大人小孩笑得前仰后合。

后来据老人们讲，这个百草园是清朝一个贝勒爷后花园的偏房，过去这处院子因无人打理，杂草丛生，故有百草园之说。后来，祖先接管后重新修缮整理，才有了今天这典型的老北京宅院。

秋是叶落的季节，这诗般美妙的季节让百草园有了收获果实的幸福。在闲置的土地上，太爷爷让大叔小姑们种上了豆角、冬瓜、倭瓜、丝瓜之类的蔬菜。太爷爷说，他改不了农村人的本性，见不得地闲着。种菜锻炼了身体，也陶冶了情操，而且更实惠，丰富了一大家子的伙食。二奶奶蒸一锅倭瓜让街坊四邻来尝，大家都说新鲜好吃。在北京城里，大多数人养的都是花鸟鱼虫，没有几个像太爷爷那样的庄稼老汉，珍惜每一寸土地的收获。菜籽是从河北老家带来的，只要种上，就需要勤管理。太爷爷每天起早浇水、除草、施肥、掐尖、搭架……忙得不亦乐乎。北京的老爷子们都夸太爷爷勤快能干。太爷爷说："我也不能在家吃闲饭呀！"捋着花白的胡子哈哈一笑。

我最怕太爷爷的胡子，有时他总想亲我一口，只要一接近，我就感觉胡子扎得疼，便会用手推他，可越是推他越是亲，直到我逃跑为止。为什么太爷爷喜欢我呢？农村有传统："长子孙，气死老生儿。"我爷爷是我太爷爷的长子，我爸是我爷爷的二儿子，可我大伯家是闺女，所以我成了太爷爷的长重孙。太爷爷把我视为掌上珍宝，走到哪儿都带着，逢人便讲："这是我重孙子。"我自然在这一言堂的家族里很受宠，所以每年度夏就陪太爷爷来北京，自幼就对北京有了深厚的感情，更对百草园有了不可磨灭的印象。

时光荏苒，太爷爷要回老家过冬了，因为老家的土炕暖和。我们从北京带回了曹操糕（鸡蛋糕），还有太爷爷买的红茶、绿茶、高末，都是老字号吴裕泰茶庄出品的。

雪来了，北京的百草园是否也银装素裹？等天稍一放晴，小叔做的捕鸟工具是否派上用场？说好的捕到大鸟装进鸟笼送我。我等急了就催太爷爷快带我回北京。

又是一年春天，太爷爷病了，这次主要是去北京看病，我跟着驴车送太爷爷时，太爷爷用棉被把我和他盖在一起，每走一段路就给我盖盖被子，生怕我冻着。太爷爷一回到百草园就欢笑起来。我当时想，也许他的病痛融进了百草园的风里，随风飘散了。

又是一年秋天，太爷爷要回来了，同样，父亲从生产队借来了驴车，要去接太爷爷，我听到消息后，非要跟着，倔强的父亲没有拧过我，只能带上了我。这次爷爷和家里长辈去了很多人，路上听爷爷和父亲说太爷爷得的是食道癌，已经是晚期了，北京大夫说活不了多长时间了，让家人准备后事。

中午，霸州南关长途汽车站从北京发来的班车，太爷爷在二爷爷和二奶奶、大叔的搀扶下走下了车，看上去不如走的时候精神。我看到后哭着抱住太爷爷的腿，太爷爷摸了摸我的头，我紧紧抱着太爷爷的腿，拉都拉不开。

秋天的风是冷的，但人心是热的。奶奶和母亲、叔叔、大婶搀扶着双目失明的太奶奶早早地等在了村口……一家人不分昼夜地轮班照顾太爷爷，我和原来一样要和太爷爷睡一个被窝，太爷爷有精力时还会给我讲故事。

冷了，冬天又来了，母亲突然不让我再去太爷爷的房间，让我必须回自己的院子住，我只好勉强答应了。

一天夜里，突然有人急促地敲门，父亲连忙穿好衣服，跟着敲门的人走了。第二天，我看到家人都穿上了一身白衣，据说太爷爷昨天夜里一口气没上来，死了，我当时不知道“死”是什么概念，但我知道太爷爷再也不会说话了，再也不能给我讲故事了，再也不能带我去北京的百草园了。记得出殡那天，我也穿上了一身孝服，在母亲的带领下跪在太爷爷的灵前磕了头。

从此，阴阳两隔，我也再没去过百草园。

家风记事

家是避风的港湾，是成长的摇篮。而家风是家族传承的根本，只有家风正，家族才能根深叶茂。祖宗的家训影响着一代又一代的儿孙。

本家堂号“奉先堂”，自高祖传世，以勤俭持家，注重仁义礼信，奉承忠义诚实孝。奉祖先德，教育子孙重德重义，祖先非常崇尚儒家的“中和”之道，教育子孙立身处世都需“以和为贵”。为了让子孙铭记，在儿时教化注重孝义。在我的童年记忆里，我家墨漆门上，刻有“忠厚传家久，诗书继世长”，这也是本家处理邻里关系的行为准则。由此形成了与族人和气、与邻里和睦、与交往商贾和谐、老幼无欺、贫富无差的家风。秉承这样的祖训家风，善交宾朋，得以家道兴旺。再加上祖辈的聪明智慧，整个家族人丁兴旺，买卖兴隆，商业发达，奉先堂在天津、北京和保定都开起了分号。

家训对我今天的道德教育颇有启示。优良的家风、家训，其终极目的就是达到“家和万事兴”，达到世代繁盛。本家自高祖至祖父三代没有分家各过，始终由祖辈长子掌管，兄与弟各分管家里的磨坊，各家年终分红，婚丧嫁娶都由柜上支付。伙计除小辈外，外请伙计帮忙，但必须要尊重伙计，逢年过节给伙计放假，年节给伙计发红包拜年，而且要给终生帮工的伙计养老送终。记得童年时逢年过节上祖坟，上供烧纸，都要留三分之一的供品和纸钱到离祖坟不远的几个坟头上，磕头上香，一样不少。对有家有业的伙计，要给钱回家养老，每年还派伙计代表问候已辞退的老伙计。

如今，虽然奉先堂韶光流逝，几度春秋风雨，但留下了“勤奋劳作，忠厚持家”的家训箴言，给后人在经营服务、为人处世、教子教人等方面以智慧。每一句家训都言简意赅，贯穿了儒家的思想，具有浓厚的中国传统文化色彩。金堂楹联“勤生修俭以德修身四时足用，严律求己用安养体一世可行”，用此约束和教诲后人勤俭持家，做事有德，告诫后代注意身体，以安养体。家训中还教育后代“耕读勤做”。商人的基本功是经过全面磨炼，从学徒打杂练成的。除此之外，还教育后人从小事做起，做好眼前杂事，“清晨起床扫地抹桌，洗碗添水，研墨润笔，洗漱冲茶”的家庭规矩，子孙后代耳濡目染，牢记在心。规矩一代一代流传，成为家风家训座右铭。

道德教育需要家庭、学校、社会相结合，一定要保持一致，如果相互脱节，就会各成一套。常德必固持，道德教育和个人修养应处处躬身践行，“见善如己出，见恶如己病，见贤思齐，见愚内自省”的家风家训是社会教育的基础。“人之初，性本善”，人生下来，家庭教育是关键的一步，家训应切合实际，简单易行，对日常生活中的衣食住行、言谈举止、举手投足等微不足道的行为提出要求，进行规范和约束。

家风家训不仅代表着自持与持家的思想，更重要的是还代表着一个民族的思想。一个伟大民族要复兴，就应精炼本民族最核心的理念，从实用性角度，对国学深度挖掘，利用文化传媒，通过生动鲜活的形式启发人们，达到中华复兴，国家兴旺，家庭幸福！

辑二　乐游小记

人生是一段旅程，然而这段旅程未必会一帆风顺，但我坚信——大自然能为那些处于苦难的人带来慰藉。

状元府

在资源贫瘠的平原土地上，祖祖辈辈耕耘着那富有希望而年年失望的土地，这片土地却造就出一代代努力拼搏的儿女。就在生我的那块土地上，一代名人钱治平及其府第——状元府曾风光一时。

钱治平，清乾隆三十四年（1769）己丑科武进士第一人。乾隆三十四年十月，策试天下武举于太和殿前。皇帝钦定甲乙。赐中式武举一甲钱治平、金富宁、林天洛三人武进士及第，赐一甲一名钱治平等人武进士及第出身有差。钱治平后担任宫廷侍卫，累官至头等侍卫，后任黄州府参将。

钱治平出生于雄县双堂村（清代属顺天府霸州）一户农民家庭，幼年家贫无钱读书，就在邻村陪富家少爷练武。少爷娇生惯养，不肯吃苦，而钱治平吃苦耐劳，牢记师傅讲的武功要点，刻苦练习。后来钱治平有长进，乡试中武举，次年进京考取武进士，殿试夺魁，被钦点为武状元。

据《新城县志》，钱家在明朝时也是官宦之家，于清中期家道没落下来。

钱治平小时候喜爱读书，可家里穷，上不起学，他到了宫岗村一蒋姓地主家做长工。这家地主有一个儿子叫蒋盘隆，年龄和钱治平差不多，但蒋盘隆不喜爱读书。蒋家看儿子不爱学文，就为他请来了武术教师，买来了十八般兵器，选购了一匹上等的好马，为了让儿子安心习武，蒋家让做长工的钱治平每天给少爷牵马、陪少爷练功及照顾少爷。

地主的宝贝儿子从小衣来伸手，饭来张口，养尊处优惯了。他想，习武练功是苦差事，每天还得起早贪黑，做操练功，抡刀舞枪，跑马射箭，苦不堪言。只练了几天，这位地主少爷便再也不感兴趣了。不过，这位少爷倒是有把子力气，抓举可力鼎千钧，是一个超能举重之人，除此之外，其他都由钱治平代劳。钱治平在练功场比少爷还忙活，少爷练功他陪练，少爷休息他干活。

钱治平在陪练时，非常注意师傅的武功要点，一招一式都铭记在心，每到无人时，再反复练习，仔细琢磨，直到练熟为止。教练功的师傅看出了钱治平胸怀大志，在特别之处另有指教，使钱治平大有长进。时间一天天过去，蒋少爷的武功虽也与日俱进，有所增长，但暗自偷练的钱治平更是武功大进。

乾隆戊子之年，朝廷按例开武举考试，蒋少爷带钱志平和众武生一同参加省城乡试，最后，少爷没考上，钱治平却考中武举人。

第二年，乾隆皇帝下诏书，命众武举进京参加会试，考试揭榜后，在太和殿唱名，当场御赐武状元盔甲。第二天，乾隆皇帝举行“会武宴”大宴金榜题名的武进士，相当于文进士的“琼林宴”。第三天，状元披红挂彩，上街骑马夸官，然后，由巡捕营护送归第。夸官之后，金殿授职，钱治平授任御前一等侍卫，为乾隆皇帝的亲随护驾。

状元高中，门庭荣耀，按大清惯例，国家要拨发专款，在状元故里修建状元府邸，彰显恩荣。朝廷派工部官员到双堂村负责修建状元府。官员到达后，勘察地形，将地址选在了双堂村南。待开工建设前，官员征询新状元的意见，问道：“状元公，不知这府邸如何修建呀？还请大人拿个主意。”钱治平出身农家，别说没住过高门府邸，就是见也没见过那些深宅大院，只记得京城中各个府邸的门楼修得十分宽敞气派，所以听到工部官员的询问，只能随口应付："大人奉旨来此修府，本官十分感谢，至于府邸样式及修建规模悉听尊便，本官只想修建一座像模像样的门楼。"工部官员一听，心想，这状元可真是个土鳖。再加上见钱家人对打赏一事一窍不通，就想戏弄钱治平一番，于是就顺着状元的话说："那好吧！那咱就一边修门楼，一边盖房子，克日开工，您看如何？"钱治平说："好吧！多多拜托了。"

几日之后，状元府就开工建设，院内盖房，院外修门，沿边界垒墙，一起动手建设。

其实，官员等级及装饰府邸是有讲究的，修府先建殿，后建房，再修花园，等府内房屋盖完了，再去修建门楼。因为朝廷有规定，只要一修完门楼，就预示着工程完工了，朝廷就会停止拨款，验收交差。工部官员久做建府工程，吃惯了贿赂，便草草完工，回宫交差去了。钱状元虽说是金榜高中，荣归故里，却被工部官员钻了空子，最后状元府里只修建了寥寥几排房子、一堵围墙和一个风光荣耀的门楼及高高的台阶：前院正房五间，前廊硬山式，左右配房三间；后院正房五间，硬山式，左右配房三间；前有硬山庑殿门楼一座，并由乾隆皇帝亲书"状元及第"。

不过，钱治平多次护驾有功，被朝廷派往湖北黄州府任参将，等同于现在地方军区副司令员之职。钱治平在官场平安地度过了一生，膝下二子：钱忠、钱正，寓意忠正廉洁。

草原余晖

五月，烦心的事一件接一件，内心难以平静，我想放下手头的工作出去走走。恰逢此时，朋友提议去内蒙古大草原看一看，呼吸一下大自然的新鲜空气，缓解一下在大城市竞争中的紧张情绪，品味一番悠闲的牧民生活。

我每年要去内蒙古很多次，每次都是坐飞机。我很少花费过多的心思观赏内蒙古的草原风景，只是偶尔抬眼望一下大青山的脊背和起伏的草原，以及星星点点的羊群和蒙古包。

这次我们决定乘车旅行，这让我内心的感触与以往大不相同。一大早从北京出发，途经河北张家口、内蒙古集宁，终于在午后登上了大通道。内蒙古大通道是连接东蒙和西蒙的动脉，也是北京到新疆的必经通道。途中，大量的运输车走走停停，让人不禁有些烦躁。我眯上眼睛，随车而动。

下午时分终于到达呼和浩特，朋友问我："是否继续前行?"我说："应该在天黑前能过了武川，进入草原，咱们最好住在蒙古包，吃上烤全羊，喝上马奶酒。"谈话间，朋友就开始联系内蒙古的友人，安排吃住事宜。随后我们穿越大青山山脉，登高而远眺，"一览众山小"的盛景呈现在眼前。

黄昏，天空是一片柔和的色彩。夕阳缓缓落下，远处的森林被染成了金黄色，和煦的风送来阵阵芳香。车子在夕阳的余晖中奔跑，这情景宛若童话。越过武川的高山峻岭，便进入了一望无际的草原。

走进草原，花香遍野，芳草依依，迷人的美景使人心旷神怡。羊、马、牛，一群群，一片片，或疾驰，或漫游，像云朵在天际飘动。风儿吹过，绿草像波浪般跌宕起伏，让人不禁感叹："天苍苍，野茫茫。风吹草低见牛羊。"火烧云挂在天边，像极了一幅优美的油画。草原的美景像是神奇的梦境，让人回味无穷。

走在草原上，放眼望去，那一轮将要下沉的夕阳就悬挂在遥远的天空，蒙古包上的彩旗在残阳中随风招展，像是在召唤着从远处来的客人。心中不由得涌现出一丝柔美的情愫，原本烦躁的心绪像夕阳一样缓缓下沉，心情自然舒畅了许多。余晖洒在稀疏的白桦树上，赋予它一种黄色的美。这美景深深地勾唤出我久违的想象，让我重拾对生活的爱恋，使我细细地梳理起内心纠结的情感。

草原的风，送来阵阵花香，沁人心脾，令人神往。我身心放松，大口呼吸着草原的馨香，仿佛它能洗净心底的尘埃，令我忘却烦恼和忧愁。

草原的霞，在夕阳周围编织成橘色的彩绸，轻轻地飘逸。“夕阳无限好，只是近黄昏。”年过半百的我，站在这辽阔的草原上，抒发着人生感言。面对如诗的夕阳，我陶醉在春天黄昏的草原之上，于朦胧中遐想。路还是要走的，何必去叹息!

时光，是一条不停流逝的小河，犹如洁白的毡房，漫延千里。洁白的毡房依靠在弯曲悠长的河旁。夕阳在此起彼伏的草原上渐渐落下，旅途的辛苦早已忘却。牧人燃起晚会的篝火，待悠长的“草原晨曲”响起，明天的希望也将被点燃。

金色的阿拉善

“挺拔千年依铮骨，寿终卧木变蛟龙”是对胡杨的赞美。离北京最近、最美的胡杨林在内蒙古阿拉善盟额济纳旗，是天然胡杨林，它赋予了额济纳旗神秘的色彩。因为那句诗，我对神秘的胡杨林有了浓烈的兴趣。

秋色无限，又逢国庆假期，我们以饱满激昂的心情，驾车向神圣的胡杨林驶去。我内心急切地想要早一点欣赏到那壮观的盛景，来一探胡杨林的真面目。

胡杨，别名胡桐，据考证，6000多万年前就开始生存在地球上，有“活化石”之称。胡杨生命力极强，能够适应干旱、多变的气候，且耐寒、耐盐碱，胡杨能挡住狂风与飞沙，人们常把沙漠中的胡杨喻为“英雄树”。在恶劣的生存环境中，胡杨从根部萌生幼苗，顽强地生长，不断延伸和扩大自己的地盘，尽情彰显它的霸气和英雄气概。这也是我多年来崇拜它的原因！仿佛像约定好的一样，金秋十月，胡杨将储备了一年的激情，毫无保留地发泄出来，竭尽全力地想要把自己装饰到色彩的巅峰，以彰显萧瑟季节里的神韵。胡杨的叶子被秋寒全部涂染，在不知不觉中由深绿色变成淡黄色，继而变成杏黄色。漫山遍野的胡杨在阳光的照射下发出金灿灿的光芒，它们在大自然中，无忧无虑地张扬着自己，向来客奉献出最美的黄金景色。

额济纳旗是胡杨林的故乡之一，达来呼布镇方圆几十里范围内，到处都有古老原始的林群。走进大漠胡杨景区，放眼望去，金秋的胡杨林浴血夕阳，高高低低，层出不穷。远远望去，满目的黄叶汇集成一片金色的海洋，气势恢宏，奇妙绝伦。有诗赞曰：“极目金黄千里秀，自成一景阅沧桑。天荒弱木根须绝，地老孤枝叶脉昂。罕见飞沙风透障，却迎远旅客游疆。”我细细观赏着蓝天下那片片黄叶在空中飞扬舞动，宛如一个个金色的精灵，在清风中，迎接和祝福着我这远方来的游客。面对这摄人魂魄的金色圣地，我发自内心地露出灿烂笑容，将对胡杨的敬意深深地植入心怀。

为什么我对阿拉善如此厚爱呢？是它的历史和苍劲的形态吸引了我。去额济纳赏胡杨林，不能错过沙漠绿洲居延海，居延海位于额济纳旗东北方向，巴丹吉林沙漠北部边缘，自汉朝至清末，都是极为有名的地方。唐代诗人王维，驻足于居延海畔，豪迈地写下：“居延城外猎天骄，白草连天野火烧。暮云空碛时驱马，秋日平原好射雕。”豪气满溢的诗句让我对神秘的居延海充满了向往。

金秋的阳光普照在额济纳的大地，照射在胡杨林黄色苍劲的肢体上，映射出不屈的剪影，成片的胡杨林泛着金光，吸引了大批游客前来参观。虽然，额济纳胡杨林的观赏期极为短暂，每年只有半个月左右。但胡杨林可以用“生之灿烂，死之刚烈”来形容。也就是说，“活着的”和“死去的”同样具有极高的观赏价值，同样是一道亮丽的风景线。神奇的自然景观：胡杨林、居延海、红柳林、戈壁滩……各种形态给我留下了深刻的印象。

望着这神奇的阿拉善盟额济纳旗，我尽情地浏览它古老沧桑的风貌，不禁对祖国的山河心生敬仰，及此，不得不用文字留下我的一些留恋。

再见了，阿拉善！再见了，额济纳！再见了，胡杨林！再见了，居延海！

琐 园

酷暑七月，烈日如火，燃烧了北方的京城，休闲避暑的游客纷纷离开这焦躁而拥挤喧嚣的地方，驶向北方草原天堂。然而，我们一群有着特殊任务的探索者却反向那火炉如燃的江南小镇调研一项民生项目。为研究小桥流水的江南古镇而得以一游，亦算是苦中有乐。琐园便因此次契机给我留下了深刻的印象。

琐园是国际研学村，位于浙江金华东郊澧浦镇北，至今已有四百多年的历史。传说中，琐园是一个“奇村”，周围分布着七座小山，靠北有一湖，湖水清澈美丽，形成天然的七星拱月星象，充分体现了人与自然和谐统一的“天人合一”造式，整个村庄地处龙背，整体造型极似一把金锁，由此取名琐园。古有民谣：“头顶灵岳山，脚踏金鞍桥，口食西湖水，两手披麒麟。”由此可见，严氏祖先把村址选于此是很有讲究的。据村史记载及专家考证，现在琐园村周围的严店村、车客村、紫江塘村和黄古塘村都为严氏后裔聚集地。

步游从一条幽静的青石古道开始，古道两边的风景诉说出人间沧桑。首先看到的是旌节石牌坊，这座牌坊建于清乾隆丁未年（1787），上面刻有“为故民严锡佩妻黄氏建”字样。牌坊雕饰精细，气势宏伟。大门倾篷，刻有麒麟、凤凰、松鹤、鲜花等形态生动的浮雕，是中国古建筑雕刻作品中的上乘之作。这座牌坊是由皇帝下诏，地方衙门和家族出银建造，表彰之人为怀德堂的建造者严元良的儿媳妇黄氏。黄氏自塘雅村嫁琐园严锡佩，丈夫病亡，23岁守寡，56岁卒，儿子严曾淑为太学生。因其守寡未再嫁，育子成才，帝感其节，下诏立旌节石牌坊。

前行是严氏宗祠，严氏宗祠位于琐园的北边，堂号为“敦伦堂”。“敦”是督促勉励的意思，而“伦”是指伦常，“敦伦”二字则有“敦睦人伦”的含义。祠堂建于清乾隆二十五年，经过五年时间建造而成，宗祠坐东北朝西南，通面阔20多米，气势恢宏。共四进，头道大门呈八字形，如敞开的怀抱，有海纳百川之意，悬有匾额“山高水长”，意为家族和儿孙能够久远流长；二进为“严氏宗祠”；三进是

“敦伦堂”，是督促教育后代子孙遵循祖训的地方；四进是“祭祀堂”，是严氏祖孙祭祖之处。

沿途经关帝庙，关帝庙又称“红庙”，位于旌节石牌坊西侧，是琐园和周边村民寄托希望的地方。关羽以其义勇流芳千古，被尊为“武圣”。关帝庙中供奉香火，可以祈祷风调雨顺，国泰民安。

接下来是“永思堂”，俗称“小祠堂”，据导游介绍：永思堂的建造者是一位寡妇，自幼嫁入严家，公公娶有三房夫人，后老太公与原配离世，其丈夫也死去，儿媳奉养两位夫人，并教育儿孙读书做官。据严氏祖训，妾是不能入祠堂的。两位夫人百年之后，儿媳为让她们入祠堂，自筹资修建了这座三进五开间的女氏祠堂。永思堂是女性维护自我权益的产物，体现了对封建社会不合理不平等族规的抗争。

再前行便是“务本堂”。务本堂建于清乾隆四十二年，名字取自《论语·学而》：“君子务本，本立而道生。”务本堂坐东朝西，整体建筑为四合院式，平面布局呈长方形，前后两进两弄，左右设厢房，屋顶为硬山两坡顶，左右厢房花格窗棂环板上刻有“渔”“樵”“耕”“读”的古训为装饰。这种装饰反映了农耕社会四种主要职业，也代表了当时琐园村民的基本生活方式。

经历百年风雨，琐园整个建筑群基本保存着原始风貌。无论是其建筑布局，抑或雕梁画栋，琐园中都有很多的东西值得探秘，除此之外，琐园的家族祖训、生活风俗等，一些较深的文化内涵也有待挖掘。因只是随而观之，仅简作此文为记。

三峡游记

丙申年，仲秋时节，酷暑盛夏，携同行业好友飞抵湖北宜昌。当日游白果树瀑布。入青山绿水，开悟自心。望翠竹秀林，迎微风徐徐，自有盛夏离京后的清爽，快乐无比。听瀑布飞流之声，但不见全景，转悠廊山，只见飞流直下，落有千丈。穿瀑布帘水之中，水滴四溅，落入怀中，身感凉快无比。俯瞰江上，有行船逆流而上，偶听渔歌泛起，兴起，狂饮本地酒。

同去游人非常高兴，饮酒同时，吟歌赋之："宜昌落雁，包揽三峡山川，百里画廊。看万山红遍，层林尽染，溪流清澈，潺潺激湍，雾飘云乱；听鸟语花香，遥看白果瀑布，敞胸襟；观日出日落，骄阳似火。"又有游人吟道："相邀览友畅谈，越山岭石路林间走，乔木围栏曲径，回廊别洞天，悬崖蹦极，竹筏浮游，品翁家饭消尽烦愁，驾小舟，搏急流碧水，潇洒漂流。”

夜将临近，日落西山。同游友登豪华游轮“总统八号”，宿于大艇四日，并游三峡风光，心怀愉悦之情。夜，风平浪静。

次日，停泊码头，沿依山回廊游三峡人家，似古栈道直上，水质清澈，山高林密，峭壁林立，忽闻江上歌声，蓑翁斗笠，行小舟，晾渔网于船篷之上，有倩妹红衣女子立在船头，犹如千苍万空一点红，点缀出大江与青山之间的美景。不由得感叹：“舟行碧波上，人在画中游。”美不胜收。

晚上，题诗赞许：

三峡人家，夜雨长江，西陵峡，聚天地风光，云雾江水一体，崇山峻岭秀秋茫茫，曲径幽道，栈道红灯引方向，却指风竹静，急湍细流江水长。忽听江上踏歌声，泛舟渔歌悠扬，拱桥跨处，油纸伞下送情郎，无须恨，相扯断衷肠。一幅画卷指，青竹山路，潺潺流水，鱼游动池塘，莫问置身何处，犹似梦居在画廊。

曲随山转，观幺妹嫁新郎，鼓乐喧天，哭嫁亲伤，泪水化作雨，秋风徐徐吹心凉。高峰翠绿蝶舞，流水激湍蜜蜂狂。云遮雾，溪和江，天连水和江，细风和雨落大江，乌篷船儿泊静，孤帆风动扬。鹰鹭鸣，竹筏同荡，见远处号子声声忙，不知行船哪里去，逆流航行过长江。借问渔家何处酒？旗风动我稻花香。急搬樵，渔歌忙，今宵还需同饮醉，留有醉意梦更长。

所观之景色，印象深刻。游轮于夜启航，在游轮之上观看长江三峡夜景别有情趣。游轮逆流而上，航行于万山丛林间，却有轻易过万重山之感。于次日至神农溪，神农溪位于巴东地区，巴东位于湖北省西南，在长江的巫峡与西陵峡之间。

古人云："好奇须要过巴东，千山千水貌不同。"雄奇险秀的峡谷风光，原始古朴的纤夫文化，原生态的小神农架保护区，古朴典雅的秋风亭，神秘莫测的无源洞，幽深的链子溪，险峻的巴人河……为巴东增添了几分别样的秀美。神农溪的美主要体现在它的原始、古朴、野趣、无污染，没有人工雕饰，全是大自然的造化，秀丽而神奇。神农溪到处充满绿意，山是绿的，水是绿的，是一条黄金翡翠般的水道。

留诗《神农溪》："滩险急流。航危处，巴东神农溪。巍巍十万大山，古老神奇，峡谷幽岚深处，夹峙绝壁，云层雾绕，逶迤绵延千里，层峦叠嶂云处。莫测溪水贴绝壁，龙昌险，溪涧汇。鹦鹉峰奇，两岸群山耸立。绵竹秀，翠竹清澈水见底。远见豌角舟，漂流神农溪，高亢号子声，回荡空谷徐徐。见纤夫苦，裸纤涉水攀岩壁。常言蜀道难，却见深勒纤绳印迹。艰难爬行，巴东纤夫真不易。”

又诗曰：“江水长，路弯曲，幺妹唱山歌，三峡土家哭嫁娶，唱支山歌送情郎，神农溪里争乐趣。送上杯瓢子茶，阿妹之情暖哥心里。家有好酒别不敬，只敬情郎哥哥你。好奇须要过巴东，逆流千山几百里。水貌各异山不同，巫峡雾里寻峡女，山水间，航行里，人在画中游，画留你心底。不忘待客山里妹儿，只蝶影在梦里。一声长鸣笛，又起航，逆流前去。”

船行至白帝城，不由想起李白的《早发白帝城》。从江上往高处看，可见白帝城彩云缭绕，如在云间，景色绚丽。朝霞满天，我就要踏上归程。

五台山记事

第一次去五台山是 25 年前，朋友相邀而往。当时只是走马观花，留下几张年轻时的合影。至今偶尔翻阅时仍能勾起对佛教圣地的向往和敬仰。戊戌年盛夏，再次游五台山，有了些新的收获。

五台山位于山西省五台县，因有五座高峰，顶平如台而得名。因“岁积坚冰，夏仍飞雪，曾无炎暑”，又称清凉山，是久负盛名的避暑胜地。五台山还是享誉中外的佛教圣地，位居中国佛教四大名山之首，世界佛教五大圣地之一。

从北京来到五台山，感觉凉爽了许多，身心愉悦。从山脚仰望，在湛蓝的天幕下，一缕白云掠过，一丛丛红墙黄瓦寺院，似飘浮在云间的天上宫阙。清风徐来，时强时弱的佛乐掠过耳际，薄雾与白塔融为一体。凉风自掠，心安无际，你会下意识地以为自己已身入佛门，有恍若成佛的感觉。

五台山的五座山峰分别叫：东台、南台、中台、北台和西台，五个顶合围区域叫“台内”，台顶外围叫“台外”，中心叫“台怀”。

南台名叫锦绣峰，海拔 2400 多米，此峰“顶若覆盂，周一里，山峰耸峭，烟光凝翠，杂花弥布，犹若铺锦。亦名锦绣峰”。著名诗人元好问赋诗赞曰：“沉沉龙穴贮云烟，百草千花雨露偏。佛土休将人境比，谁家随步得金莲？”

西台名挂月峰，海拔 2773 米。西台峰“顶平，周广二里。月坠峰颠（巅），俨若悬镜”，因以为名。有诗赞曰：“西顶巍峨接远苍，回瞻乡国白云旁。孤峰耸翠连三晋，八水分流润四方。晴日野花铺蜀锦，秋风仙桂落天香。当年狮子留遗迹，岩谷常浮五色光。”

北台名叫叶斗峰，海拔约 3061 米，为五台最高峰，有“华北屋脊”之称。其台“顶平，周广四里。仰视峰巅，上薄斗杓”，故以为名。康熙皇帝赋诗赞曰：“绝磴摩群峭，高寒逼斗宫。钟鸣千嶂外，人语九霄中。朔雪晴犹积，春冰暖未融。凭虚看陆海，此地即方蓬。”

东台是我登过的山峰，名望海峰，海拔近2800米，东台顶上“蒸云浴日，爽气澄秋。东望明霞，如陂若镜，即大海也”，故冠此名。由于海拔高，台顶气温低，盛夏时节，仍须穿棉衣。中国佛教协会前会长赵朴初填词赞曰：“东台顶，盛夏尚披裘。天着霞衣迎日出，峰腾云海作舟浮，朝气满神州。”

东台的环境是非常特殊的，冬天的雪一般五六月才能完全融化，只有七八月才是正常天气，到九十月大雪又封山了。据山上的僧人讲，通常在八月十五前，他们就已经备好了一年的粮食，其他食物只有靠佛教信徒朝拜时施舍给寺里的僧人。东台的建筑是就地取材，用石头砌成的窑洞。无论是大殿还是僧舍都低矮潮湿，因台顶常常云雾弥漫，僧人的衣被有时能拧出水来。据僧人介绍，山上气压低，饭菜都做不到十分熟，生活条件异常艰苦。但对于修行之人来说，这正是求之不得的修行环境。说来也怪，他们常年生活在这寒冷潮湿的环境中，却从未有一位僧人得过关节炎。

五台山的清凉不仅是一种生理感觉，也是一种心理体验。佛教劝人行善，教人超脱，在一定程度上能使人去掉心浮气躁的情绪，收心入静，让人从心底里感觉到怡人的清凉。

因工作压力大，加之北京天气热，让人更加心烦气躁，我便想到如此清凉圣地。可以观看古建筑，可以享受凉爽，可以拜佛修身，不亦乐乎。

俗话说："外行看热闹，内行看门道。"在普通人看来，五台山虽然寺庙多，佛殿大，但看上去都大同小异，无非就是高台宽基，大屋脊顶，梁架斗拱，飞檐翘角之类。但如果多少有点建筑常识的话，就知道自古以来中国历代寺庙建筑基本都是木构架系统，而五台山的寺庙建筑独树一帜，自成体系。且五台山的寺院虽然不是宫殿，但大多是由帝王敕建。

在五台山看到的年代最久远的唐代建筑是南禅寺大佛殿和至今未曾修缮的佛光寺。我对两座寺庙建筑非常感兴趣。

"建筑不是下层匠人劳作的手艺活儿，它是民族文化的结晶，是凝动的音乐，是永恒的艺术。"这样的认识和理论，出自研究中国古建筑的梁思成先生。1937年，梁思成从北京图书馆保存的《敦煌石窟图录》中发现了《五台山图》，壁画上有一座标有"大佛光之寺"的庙宇。想到佛光寺地处台外，香火不如台内寺院，可能未遭遇历代战火的毁坏。当年6月，梁思成携夫人林徽因及同学莫宗江等，骑毛驴几经辗转，终于在五台山西南找到了佛光寺，发现了躲在偏山无人知道的唐代大殿。然而，正殿已在唐武宗时化为灰烬，只保留了东殿，其他是重修。

知悉后我对佛光寺的游览更加急迫。佛光寺坐落于五台县豆村镇东北的佛光新村。整座寺院坐东朝西，三面环山，依山面水，苍松掩映，环境十分幽静。自西向东入山门，那是一处三层院落，一层比一层高，呈阶梯上升。东殿就坐落在第三层台基上，居高临下，俯瞰全寺，气势宏伟。大殿前檐中间五间都装着厚重的木板门，门板面上仍留有唐朝初建时的墨迹。最外窗的设置，也是典型的唐代做法。大殿气势恢宏，用材粗犷豪放，斗拱肥硕雄健。外檐深远翼出，殿顶平缓，显一派大唐风范，我从中深切地感受到唐朝的文化内涵。

塑造一个神的形象来供人膜拜，是激发宗教情感、巩固宗教信仰的有效手段。过去我读过不少唐诗，观临过唐代碑帖，有关唐代的故事听了不少，有关唐代的影视作品也看了不少，但对大唐的历史始终是模糊的。当有幸近距离地瞻仰了一尊尊唐朝所建的佛像，我仿佛听到了长安古都的马蹄声和喧闹的市井声，以及唐代丝绸之路上的驼铃声。

五台山建了许多体量宏大、造型精美的佛堂庙殿，不仅保存了两座唐代建筑，还保留了北魏至明清乃至民国的多种宗教类型殿堂，体现了各朝各代的传承和连续。游览五台山，犹如翻阅一部有关中国建筑、宗教、文化、艺术的教科书，除了具有很强的艺术性，还能感受到时代更替中的建筑性、社会性和民族性，五台山值得我们参观学习。

观梨花飘落时

山里有个梨花岭，岭的四周全是梨树。每年四月中旬是梨花盛开时节，万顷梨花含烟带雨，蜜蜂飞舞，当风吹过，如雪飘落，满岭飘香。去大自然采风写生，这里是我的首选。

闲暇之日我驱车来到这片离京城不远而神秘的地方。时逢四月，暖风初徐，心情愉悦。踏进梨花岭，山泉淙淙，野花争艳，装点着那绮丽的山谷，芳香扑鼻，沁人心脾，花与春的交响，令人陶醉。

我慢慢朝山坡走去，突然背后传来喊声："请来喝口水吧！"亲切的招呼声在梨树林中回荡。正当我四下寻找声音来源时，从梨树林后走出来一位中年大妈，她朴实的外表，让我感觉她很真诚。

她中等身材，四方脸，可能是因为长年在地里干活，脸上的皮肤显得有些粗糙，黑眼圈很重，看上去好像很久没有睡个安稳觉了。她告诉我她是这梨树林的承包人，家就住在附近。我确实有些渴了，便顺小山坡向上走去。在一片空地，有一处小院，院子里散养着的鸡鸭在自由地行走啄食。房子的周围长满了小草和刚开的野花，宛如一幅美丽的田园画。

“请进屋吧！”她边说边把门打开，屋内显得有点暗。朝北墙上一看，墙上贴着十多张从报刊上剪下来的画片，我的视线集中在了一幅素描画上，画中只有两只小燕子在飞，画得非常好。“那是我闺女画着玩的，我贴在了墙上。她画的是小燕子春天要回家了。”我点点头用十分欣赏的口吻说：“画得真不错。”她递过来一碗水，我轻轻抿了一口，不凉不热，便咕咚咕咚喝了起来。

这时她拉开了话匣子，“我闺女她命苦呀！我们是外地人，一家三口从河南来这里，承包梨园五年了。我闺女12岁跟随我们出来的，她从小就喜欢画画，做梦都想念专业学校，尤其喜欢画这里的树，这里的花，这里的山，这里的水。她说这个地方非常漂亮，哪哪都带着灵气。她对画画充满自信，最大的愿望是能当一名画家，可她没有进过学校，只是没日没夜地跟着我俩干活，只要有点时间就想画画。”

当我准备离开时，一位高个子的姑娘从门外走来，见到我微微一笑。那姑娘红润的脸上透露着质朴和纯真，她边笑边放下手中提着的篮子。我看了她一眼，指着墙上的燕子，竖起大拇指，给了她一个赞。她笑着说：“谢谢。”我跟大妈道了声谢，走出了屋门。采风时，我脑海里不断想象着那渴求知识的小姑娘，她有着燕子一般的理想，真说不定哪一天她会在画坛上崭露头角。

当下山时，回头望着那片梨花与轻雾中的小屋，我自言：“明年梨花盛开时再来。”

翌年梨花初开时，我没有忘记去年的诺言。当我再次踏进梨园时，那里依然溪水潺潺，鸟语花香。弯弯的小路把我引进了那梨园里的小院。

我站在小院连喊几声，没有回应，我又沿小路向梨园深处走去。满山坡青草中一朵朵默默无闻的山花，绚丽多姿，幽幽飘散着山野的芬芳，悄悄点缀着这片绝色的土地。

我远望着那片片梨花怒放的枝头，在风中绚烂摇曳，梨花纷纷落下，在梨花雨丝的深处，我看到一个身影在闪动，放眼望去，不正是那位爱画画的姑娘吗？

我悄悄地向她走去，生怕惊动了她，移动脚步走近一看，那白纸上没有任何线条，只有几滴被眼泪打湿的痕迹，她双目呆呆地注视着远方，眉间潜隐着忧伤，手里紧握着的画笔微微颤抖着，不知她在沉思什么……

我终于忍不住问候了一句："姑娘，你还记得我吗？"听见有人说话，她怯怯地躲开我的目光。她慢慢缓过神来，"你来了？"我似触电一般，心跳加快，向她连连点头。她没再多说一句话就匆匆跑回了梨园中的小屋。

我紧随其后进了屋，只见屋里坐着一位老人，我一眼便认出那是去年让我喝水的大妈，她额头上多了几条皱纹，衰老了很多。深陷的眼里含着泪花。北墙上挂着一张中年男人的照片，照片的下方放着供品，中间的香炉里冒着烟，看来是刚刚上完香。我明白了一切，朝着遗照深深地鞠了三个躬，大妈转过身朝我看了看，泪水情不自禁地从眼眶里流出，"去年八月份正是梨儿收获的季节，她爸爸为了赶个提前上市，多卖点钱，好给女儿攒点学费，让女儿去学画画。没想到从梨树上摔了下来，滚到了山坡下，等发现时已经奄奄一息了，在医院抢救了五天，欠下了两万多块钱，可还是没能救回来。他丢下了我们母女俩，让我们以后可怎么活呀？"

说到这儿，母女二人抱着痛哭起来，我心中也一阵阵酸楚，泪水控制不住地冲出眼眶。这时姑娘起身走出了院子，朝着梨园深处跑去，她的背影很快消失在梨花烟云里。这对于一对母女来说确实是塌天的打击，想着她们将迎来更加沉重的负担，我的心也沉重起来……

待我回过神来向门外追去，大声呼喊："姑娘，姑娘……"没有任何回应，只有回声在山谷里回荡着，很远，很远！

我把身上装着的1200元钱给大妈留下，在大妈的感谢声中离开了。

夕阳西下，一片雾霭沉下来，满山的梨花也暗淡下来，挡住了光亮。回到家，我在床上翻来覆去，怎么也睡不着，却迷迷糊糊做了一个梦。梦到我搬到了那间梨园小屋，用我的稿费帮她们还清了债务，并且把梨园装点得如人间仙境。

游灵峰寺记

经常在周末去房山的大山里转转，能远离城市喧嚣，减轻工作带来的压力，在幽深的山谷里有一种释放自我的感觉。

今天要去游览的是大房山灵峰寺。灵峰寺位于房山区周口店镇和南窖乡交界处的猫耳山顶峰之阳（南面），始建于隋唐时期，是一座佛教寺院。金代灵峰寺作为陵寝寺院，受到过皇室重视，地位非同一般。

大房山，这座西部名山，其主峰位于长沟峪古道西北面。沿长沟峪古道行至长沟峪村西尽头，有一上山小路，步行攀登可到达猫耳山顶峰。游览中，我们沿着沟谷与山脊变换而行，登山古道断断续续，时隐时现。金代时，因为这里位于皇陵区范围之内，受到官方严格的保护，普通百姓很难进入，周围山上的生态环境一直未受到破坏。随着金朝灭亡，各种保护措施渐渐变成一纸空文，明清之后，这里的自然景观更是遭到严重破坏。如今从峡谷里步行上山，穿梭于密林之中，仍能看到攀藤植被相互缠绕，枝干犹如巨蟒般交错，但早已没了山泉流水、野鸡鸣叫的自然景象。

山峦叠翠，万木葱茏，怪石隐映，在这深山幽谷间，巨石盘踞的古槐边，寂寂寥寥地码放着几块方形的石头和一块大点的石桌，安详恬静，拙古风雅。一位朴实的老妇人，在向野游的人兜售茶饮。攀爬到山间休息的清闲之地上，花几个钱喝喝茶，一来解渴消暑，二来接济老人，一举两得。清风野谷，本应坐下一边慢饮，一边观赏大山俊秀，却在友人的催促下端起一碗一饮而尽，不是品茶而是驴饮。

山顶古迹众多，有金代灵峰寺遗址、摩崖造像及刻于岩石上的古棋盘等。文献中介绍，金代灵峰寺遗址位于猫耳山南坡阳面，这里地势平坦，当地人称之为大平台，也称上寺岭，东与金皇陵一山之隔，北面是猫耳山顶峰，南为长沟峪，西为大房山余脉。据《房山县志》记载，灵峰寺在长沟峪之北，俗名上寺，其碑皆隶书，为金代苏敬安撰。据《古今燕山》一书记载，顺着大平台遗址向南下约二里，还有一处寺庙遗址叫上寺（灵峰寺的俗称）。遗址上大量的砖瓦石块被砌成了羊圈，石墙上还保留着一个金代汉白玉石盆，寺东有一口井，水质甘甜。据当地人讲，此处曾有一座石碑——《房山灵峰寺记》碑，该碑汉白玉质，碑文因年代久远字迹不清。后来人们发现碑横躺在乱草荒枕之中，无人问津，碑文剥落严重。但从模糊的碑文中可知，灵峰寺最早可追溯到隋唐时期。从周边遗址上看，曾有隋唐遗留下的残碑断碣，碑中记载寺院重建于唐僖宗光启二年（886）。辽兴宗重熙十五年（1046），灵峰寺所在之山因山顶形状似鹫，故被称为——灵鹫山。

大房山的宫殿有的已难寻踪迹，有的至今仍有遗址，尤为有名的是山上的磐宁宫与崇圣宫，这两处行宫为神奇的大房山装点出陵区的繁华。想象出曾几何时，陵区建筑缥缈在云雾间，山顶灵峰寺与崇圣宫在云间青松翠柏之间，犹如仙境。历经朝代更替，如今站在灵峰寺遗址上，已经无法清晰地看出古迹的历史。

累了，在山间石崖席地而坐，微闭眼睛忘我地想象，脑海里浮现出青山绿水与古老建筑。我不清楚以后会发生什么，但是在被日子磨平棱角后却依然保存着的本性，使我不停地思考着，像山间流水一般自由地徜徉在时空里。

梦江南

杏花春雨时节，古桥曲水回廊，油纸伞下的溪水润泽着我梦中的江南水乡。现实与梦幻间，我竟有一览江南的想法。

风尘仆仆地来到江南小镇，已近黄昏。青灰色的砖瓦整齐地布满街巷，灰白相间的墙壁似乎纷纷披上了红纱，微微发黄的柳丝垂在弯弯的小桥边，摆弄着风情。拱起的罗锅小桥承载着来往过客，青砖铺砌的小路弯弯地延伸到远方，湿润平滑的青苔跻身于石板小路的缝间。虽然是初春，但这里有一种秋天高阔空远、如烟飞扬的感觉。

清晨的江南小镇换了一种新韵的丝竹小调，清新而优雅。薄雾间，湖光水色中泛着东方日出的红印，不亚于那渔舟唱晚的夕阳。木船摇过的湖面，留下一串串涟漪，石桥安静地架在河口上边，两岸人家旗幌招展，商店、酒楼、客栈、茶馆，自然和谐地构成了一幅“小桥流水人家”的江南风景画。来往于人流间、举着小旗的北方游客，和熙熙攘攘的叫卖声为小镇增添了生机。

水做的江南，在那杨柳飞絮飘洒的季节里依然美丽，一句轻轻的问候，一张亲切的笑脸，一声“西湖龙井，浓茶淡香”，把你的思维带入了文墨间，借故小吟：“横塘西下水如油，拂岸垂杨翠欲流。落日谁歌桃叶渡，凉风徐渡藕花洲。萧然白雨醒烦暑，无赖青山破晚愁。满目烟波情不极，游人还上木兰舟。”

水做的江南和茶楼的夕晖一道沁入我的心脾。这就是江南，真实而古朴，这就是我魂牵梦萦的江南，如同我北方故乡的家门口，让人悠然敞开胸襟。

辑三　生平感悟

温水沏茶，茶叶轻浮；沸水沏茶，茶叶反复沉沉浮浮，释放出茶叶的清香。世间芸芸众生，就像温水沏的茶叶，只在生活表面漂浮，根本浸泡不出生命的芳香。而那些经历过风雨的人，如被沸水冲沏的茶叶，在沧桑岁月里几度沉浮，才能散发出生命的芳香！

自相矛盾

风和日丽，正逢双休，闲下来总要寻摸点事消遣时光。恰是赶集的日子，自然要去城乡接合部，也许能淘些喜欢的宝贝，或采集一些逸闻趣事。

城乡接合部集市，是自发形成的，主要是买卖鲜鱼、水果、蔬菜和活鸡鲜蛋之类，也会有一些文玩杂物、服装和小吃。集市是自由开放的，功能分区还算明晰，摊位也算井然有序。吆喝声、讨价还价声，一片嘈杂。

在临近集市的一块空地上，里三层、外三层地围着很多人，从里面传出“叮叮当当”的声音。哦，原来是卖铁器杂货的摊位。地摊上摆放着整齐的杂货，菜刀、炊具及其他用具。在人群中间站着一个高个子的汉子，他操着外地口音大声地向大家介绍：“本人的菜刀，件件是宝，可以剁、砍、削，样样在行，可以和军刀、马刀、杀猪刀媲美。谁要买一把？走过路过不要错过，抓紧时间喽。”他的嘴巴就像机关枪一样说个不停，还不时地挥舞着菜刀像练家子一样。菜刀在阳光下闪闪发光，围观的人一边后退，一边鼓掌喝彩，大声称赞“好”。

尽管高个子吹得天花乱坠，围观的赶集人还是光看不买，只是高声喝彩：“再来一个，再来一个。”此起彼伏的叫声让高个子兴奋得忘乎所以，他从地上提起一个圆形菜墩，说：“大家看看这菜墩，它坚实如铁，不怕砍，不怕剁，大家不要错过机会。不信的可以拿这把刀试试。”外乡人说完便上下左右地高举着菜墩，嘴里还念念有词地吹嘘。围观的群众同样发出各式各样的喝彩声。这时，人群中突然有人高喊：“大哥，要不咱把你的家伙什儿拿出来试试?”卖货的高个子一听有买主，满脸微笑道：“好！不知这位兄弟是要买菜刀还是菜墩?”问话的小个子年轻人笑着从人群中走到卖货的高个子面前，随口应和：“好的话，两样都要，但要试试质量到底如何。”卖货的高个子连忙迎上去：“好，好。”他脸上有些惊慌，但又强装镇定地把菜墩和菜刀递给了小个子年轻人。年轻人接过菜刀用手掂量掂量，然后不慌不忙地举起手中的刀，用力地向地上的菜墩砍去。只听“咣当”一声，围观的人一时间惊呆了，高个子被惊出了一身冷汗。再看菜刀和菜墩，大家都笑了。

小个子年轻人手里的菜刀已经卷刃，刀把也劈开了，再看地上的菜墩，被劈成了四块。卖货的高个子红着脸低下了头。这时，买货的小个子年轻人从兜里拿出了证件，告诉卖货的高个子：“我是工商局的，已经盯你好几天了。有人举报你以次充好，高价销售，你得接受调查。”

新时代的自相矛盾也是屡见不鲜：有些人明明知道吸烟有害健康，却还说着“饭后一根烟，赛过活神仙”；一些人一边说着追求自然美，一边又今天动动鼻子，明天动动眼睛去整容……岂不荒唐？

上善若水

居身之处有一条大河，水从燕山脚下流过，孜孜不倦地孕育着这片土地。

犹记校园门口刻着“上善若水”几个字，每次出入都能看到，给我留下了深刻的印象。舞象之年（注：古代男子 15~20 岁的称谓）无法深刻理解其意，只知道水是洁净之物，可以洗去污浊。年过半百，匆匆地度过了人生中的大喜大悲，坎坎坷坷。我平静地站在窗前，凝望着这流淌的河水，方才渐解其中的含义。

“上善若水”语出老子。上善若水，水善利万物而不争，处众人之所恶，故几于道。居善地，心善渊，与善仁，言善信，正善治，事善能，动善时。夫唯不争，故无尤。

“心平自有相重处，却闻好友同一章。”房山区文联秘书长赵思敬先生对中国文化有着深远的研究，他曾多次以

“燕山布衣”之名在朋友圈发表文章，近期偶得拜读他对“上善若水”的理解，自感他真的讲出了不一样的道理。

一位年轻的商人被合伙的搭档出卖，人财两空，痛不欲生，想跳河自尽。他在河边正要投河，偶遇一位智者，便将亲身经历逐一叙述给智者。智者听后微微一笑，并将其带回家中，从地窖里搬出一块偌大的坚冰。商人百思不得其解。智者找来斧头，让他用力去砍。不料猛烈重击之后，冰面上只留下一道轻微的印记，商人继续全力劈凿，却只能凿掉些冰屑。他气喘吁吁地摇头道：“这冰实在是太硬了。”

智者不语，又将冰块放在锅里煮，随着温度升高，冰块慢慢融化。智者问道：“你从中有所领悟没有？”商人说：“有些领悟，是我对待冰块的方式不对，不该用斧头，该用热水将它慢慢融化。”智者摇头，商人疑惑，遂鞠躬请教。智者语重心长地说：“我所让你看到的是成功者人生里的六种境界。”

冰虽为水，却比水坚硬百倍，越是在寒冷恶劣的环境下，越能体现出它刚强的一面，这是成功人生的第一种境界——百折不挠。水可成气，气虽无形，若在一定范围内聚集在一起形成阻力，便会变得力大无穷，这是成功人生的第二种境界——聚气生财。水可以净化万物，无论世间万物多么肮脏，它都能无怨无悔地接纳，然后慢慢将其净化，这是成功人生的第三种境界——包容接纳。水，能上能下，下化为雨露，雨露汇成涓涓细流，聚多成河，从高处流向低处，高至云端，低至入土，沿流入海，这是成功人生的第四种境界——能屈能伸。水虽为寒物，却有一颗善良的心，它与世无争，遇高避过，随低而流，哺育万物，却从不向万物索取，这是成功人生的第五种境界——周济天下。水能下能上，上化为雾，雾化缥缈，却能自由自在，聚可结雨，化为有形之水，散可无影无踪，飘忽于天地之间，这是成功人生的第六种境界——功成身退。人之所以善恶不同，各有生死之欲，皆因各自境界不等罢了。

读罢此解，站在窗前再回忆自己走过的路，深有感触。对待困难须“百折不挠”；对待生意须“聚气生财”；对待朋友须“包容接纳”；对待境遇须“能屈能伸”；对待贫穷须“周济天下”；对待地位须“功成身退”。点点真言，刻画吾心。

一蓑烟雨任平生

人生坎坷，自然要经历很多风风雨雨。在现代化竞争激烈的今天，民营企业在挫折中苦苦挣扎，犹如我此刻独自踯躅在冰冷的寒夜。有时想放弃，但念及多年追随自己同甘共苦的职工，于心不忍。横下心来不断修炼自我，提升自身修养与企业品质，以一身蓑衣来度过风雨之秋。

晚年遭贬的苏轼，面对人生挫折，平和地吟出“一蓑烟雨任平生”。正是人生中的苦难挫折，练就了苏东坡的豪放词风。“莫听穿林打叶声，何妨吟啸且徐行。竹杖芒鞋轻胜马，谁怕？一蓑烟雨任平生。料峭春风吹酒醒，微冷，山头斜照却相迎。回首向来萧瑟处，归去，也无风雨也无晴。”不用刻意在意那些现代化竞争中的“快雨”，企业不妨放慢脚步，循序渐进。面对萧条的市场寒流，不要放弃，不要退缩，用诚信和质量稳住市场来度过黎明前的黑暗，必将迎来新的曙光。

翻开史册，身受宫刑的司马迁，一生饱受摧残，却以平静的心境与坚强的意志谱写出皇皇巨著《史记》。一代伟人邓小平，一生中多次受挫，但他以对党的坚定信仰，树立了改革开放的决心，被誉为中国改革开放的总设计师。

现实生活中，遭遇挫折时，以一颗平常心对待。告诫自己："披一身蓑衣，任凭风吹雨打，一定要坚持下去。"

不被挫折蒙蔽双眼，不让痛苦充塞心灵，"一蓑烟雨任平生"，你我共勉！

窗外有雨

夜很深，窗外的雨淅沥沥地下个不停，我站在没有开灯的阳台，倾听雨滴滴答答坠落的声音。楼外昏暗的路灯下是一片一片的亮光，明显有积水，雨拍打在平静反光的窗上，留下一道道印迹。屋子里被黑暗笼罩的我，看玻璃窗外雨丝飘飞。一种迷蒙的美丽，让我对世界充满了奇妙的幻想。

夜，温柔得像深沉的大海，昏昏沉沉中，好像所有的雨都落在我的窗外，好像这房子成了海面上的一只小船，漂荡得让人难以安宁。

雨，滴答滴答地落在我的心坎上，犹如南方丝竹乐《雨打芭蕉》悠扬婉转。词人李清照曾写道："伤心枕上三更雨，点滴霖霪。点滴霖霪。愁损北人，不惯起来听。"以雨滴抒怨悱，满腹惆怅，跃然纸上。葛胜仲《点绛唇》中：

“闲愁几许。梦逐芭蕉雨。”如真似幻之中，听雨打芭蕉之声，这雨滴不像是落在叶上，却更像落在心头，让人愁思更浓。往事已过几度秋，夜黑雨紧，锁住了一颗沉闷的心。雨滴给人带来难以挥去的忧伤。

雨，滴答滴答地落在那不知名的树上，那细细的雨线随风轻轻地摇摆着，将枝杈上长出的绿叶洗刷得翠绿一新。“长相思，长相思；无边细雨密如织，犹记当初别离时。泪满衣襟绢帕湿，人生聚散如浮萍，音讯缥缈两无情。独坐窗前听风雨，雨打芭蕉声声泣，遥请惊鸿问故人。他乡独闯可安否，莫忘远方思友人。”滴滴雨珠落在树叶上，不禁让人想起远方的友人，茫茫人海，有多少分离，自此杳无音讯。独坐雨夜，倾听窗外传来的雨声，以此来问候远方的友人是否安好。

雨，滴答滴答地落在明亮的水洼处，溅起一圈一圈波纹，纹纹相套，圈圈相连，它肆无忌惮地勾起听雨人那些丝丝缕缕的琐事，扯不断，厘不清。自古许多文人墨客把雨当宠儿，他们或把雨比作牛毛，或把雨比作细针，或用“蒙蒙”来形容……宋代诗人陆游在《临安春雨初霁》中写道：“世味年来薄似纱，谁令骑马客京华。小楼一夜听春雨，深巷明朝卖杏花。”诗人只身住在小楼，彻夜听着春雨的淅沥声，绵绵春雨，让人独坐愁城。深沉的夜，淅淅沥沥的雨，让我联想到眼下实体经济的境遇，如今的经济形势，唯有靠实干才能摆脱困境！

窗外的雨一直在下，落在地上，也落在我心上。斜飞的雨丝，透过纱窗润湿了我的脸，雨滴如未干的泪，在风的吹动下，让我清醒了许多。无声滑过的时间一点一点磨蚀着我个性的棱角。虚伪与真诚，卑劣与高尚，恶毒与善良。当记忆的土地松动时，我常常幻想童年时代的欢乐，单纯，希望这份记忆能够永久地留在生命里，为我梳理内心的恐慌。

多学少言

多学少言，是我对待生活的态度，对任何事物，如果在不了解它们，并且缺乏具体知识的情况下，首先要抱着虚心的态度，认真学习，切不可冒冒失失，评长论短，以致发生错误，闹出笑话。老祖宗也早就留下了重要的宝贵经验：言多必失。

做一件事首先要学习，学习基础理论知识作为基础，再做进一步的调研，然后才能去做相应的策划，最后布局和实施。如果做事袖手旁观，信口开河地评长论短，就会让人感觉没有根基，用北京话说就是“没谱”。

不管是做事还是论理，都要有逻辑，通过学习相关的知识做到有礼有节。在明代陈继儒的《读书镜》里有这样一句话：“余闻之师云：未读尽天下书，不可轻议古人。”其中的意思是：没有读尽天下书，不敢轻易议论古人的得失。

最近政协给我们城建环保委一个关于“环境治理推进城市管理”的议题。农科院赵院长和我主要负责研究和讨论，并撰写题为《城市网络化管理》的研究报告发给政协议政会作为建议案提交。拿到课题组的任务后，我首先翻阅了大量城市网络化管理的资料，学习了一些理论上的东西，并认真做了详细的笔记，对城市网络化管理有了初步的认识。

经过一番了解和学习后，我认为，我们要向深圳、东莞、浦东学习沿海地区先进的城市管理经验。随后我们小组一行十三人乘飞机到这些地区进行了实地的考察。在考察过程中，我们观看了深圳城市网络化管理的沙盘、影像和实景情况，并对城市化管理过程中发生的问题进行了交流。回来后我们又根据区情进行全面调研，从实际出发，走访基层，从百姓口中了解实情，再与政府主管单位的负责人接洽、讨论，找出相应的点子，共同寻找出问题的关键，提供了充分的论据，完成了项目的框架。通过走访多个部门，并对完成的项目调研成果进行核验后，才完成了这份最终提案稿。

有些文人墨客都有一个毛病，就是总感觉自己是行家，而对别人的作品指手画脚，认为这不行，那不行。特别是书法界，写楷书的说草书中缺乏古人的笔法；而写草书的批评楷书不灵动，太局限，缺乏创新。我认为应扬长避短，综合其笔法为好。初学者也应受到表扬，成功者也要能接受批评；高层要爱基层，基层要尊敬高层；相互学习，取长补短，方可德艺双馨，成为艺术大师。

遇到不懂的，老老实实地承认自己无知；发现自己有错误，也不要怕公开承认自己的错误。只有认识到自己的不足，才会虚心学习改进；只有敢于承认错误，才能真正改正错误和少犯错误。愿朋友们也别怕丢了自己的面子。

梦与梦

昏昏入睡，虚幻缥缈的世界里弥漫着诱人的气息，引得我浮想联翩。我的思绪在蔓延，伸展出各种形态的幻觉，恐惧、惊险、兴奋、激情、挣扎等，在睡梦中跳跃、翻滚……

梦是身体沉睡以后的产物，它是人们受到外界刺激在内心沉积下来的感情符号，由于人在白天多有所顾忌，不敢在特定的场合真实地表现出来，而到了梦中，埋藏在心底的思想就从脑海中倾泻出来，把不敢说的话说了，不敢打的架打了，不敢牵的手牵了……梦里尽情上演着各种好戏。

每个人都会做梦，而且梦与生俱来，只要人的大脑思维能力还在，梦就会长久不衰。梦不分身份地位，不分年长年幼，不分尊卑贵贱，更不分男女，只是内容有所不同而已。梦既司空见惯，又神秘莫测；既虚无缥缈，又真实可见。若说梦是幻觉吧，但梦中之人物事件，醒来后又历历在目；若说是真实之表现吧，但醒来后与梦中人物事件又几乎完全不挂钩。

我个人挺爱做梦，尤其是做美梦，会让我很兴奋。梦为什么会有如此大的吸引力？因为梦可以让你变成雄鹰在无尽苍穹中自由翱翔；梦也可以让你变成鱼儿，在碧海中畅游；梦还可以让你变成侠客，在江湖中笑傲群雄。有时也会有可怕的梦，让你无法回避，急促地想从梦中醒来。梦中也会遇见已故的亲人，他们会和你面对面，但不能交谈，只是用一种方法让你游历在梦幻间。梦里激动时，会大呼小叫；感动时，会痛哭流涕，待惊醒之后再去慢慢回忆，心里不免酸楚。梦中可以有不同时间、不同空间、不同境界中各种生命形式的体验，这是现实生活中无法达到的。从这个角度来看，梦是我们摆脱束缚的一种表现，也是我们对现实生活有所期待的一种展现！

而追梦，追的是梦想、是希望。青年时代，我的梦想是摆脱家境的贫穷，我在日记本里清楚地写着：“要想摆脱贫穷与痛苦，只有好好学习才能有出路。”那时，正逢“文化大革命”时期，解决温饱问题是最大的困难。待恢复高考后，我意识到自己文化知识基本功不扎实，挑灯夜读是常有的事，我的梦想就是上一所理想的大学，奈何实现理想是何等困难，最后也只是进入了普通的大学，学习最不愿意学的农业技术，可这依然为我改变命运奠定了基础。曾多次因高考压力在梦中名落孙山，甚至非常落魄地被监考人员赶出考场，醒来后还依然沮丧。母亲多次解释梦都是相反的，鼓励我只要努力一定能考好。说实话，母亲越是鼓励我，我就越是感觉压力大。直到后来，临近考试，母亲告诉我："别太紧张，一切顺其自然，只要尽力发挥就行。"也许是因为母亲的一番话，让我放松了心态，最终以刚好能被录取的成绩考进了大学学府。

人人都在寻梦，在梦里总想改变自己的命运，但有些梦是可以实现的，有些梦却只能在梦里实现……

听从心灵的召唤

人在生活中常有迷茫的时候，彼时内心充满各种斗争。如何才能为自己选择一条正确的道路？曾几何时，你在众说纷纭中彷徨，找不到前进的方向；在他人只言片语的指点中迷茫，找不到正确的方向……朋友，咱别灰心，请听从心灵的呼唤，让心灵之灯为你导航。

最近由于各种压力，给自己原本沉重的工作增加了更多的负担，内心极度崩溃，总想放弃多年打拼积累下来的富有成就感的产业。看着继承人不断努力，心情有所好转，但内心抑郁很难摆脱。前思后想，依然被困难包围，难寻突破口。当前的形势，只能把希望锁定在虚拟的形式上，体改、股改、金融、上市和互联网、微信平台、网络开发，这些发展之快，影响之大，让传统实体经济企业，脚步迷茫，难以寻求生存发展的方向。和孩子探讨解决之策，孩子告诉我：听从心灵的召唤。

是的，听从心灵的召唤。既然深陷泥潭，便不要过分墨守成规。听年轻人的，赶上时代潮流，顺势发展，听从心灵的召唤。

是的，听从心灵的召唤，不要听信那些飞短流长，也不计较那眼前的利益得失。你的悲伤和痛苦别人不会理解。只要你在微笑，心在开朗地歌唱，别人如何能指手画脚？你若昂首阔步，也许别人会横加指责，但这反而能更好地衬托出你的勇气与度量。只要问心无愧，你便可在市场竞争中站稳脚步。但要切忌无休无止地自我膨胀，切记那句箴言——不忘初心。只要坚守本心，不盲目自大，就会开拓出正确的方向！

是的，听从心灵的召唤，别让双眼被道听途说的皮毛表象蒙上，也别把“怀疑论”的精神弄得太过夸张。无论对事对人，用心灵召唤团队，用审视和估量选择真理，以信任感和博大的胸怀包容一个团队，但也必须有恢宏的气度来管理企业，应多询多问，要恰当地“入山问樵，入水问渔”，找到管理企业的良方。

是的，听从心灵的召唤，认真地用心灵感悟，用眼睛观察，定能获得一片蓝天。

朋友，请拔掉你心灵的杂草

在岁月的浸润下，人的心中会滋生出种种杂草，使心灵不堪重负，让你惊恐不安。要想使心灵减负，我们就应该毫不留情地拔掉这些长在心中的杂草。

自私是长在心中的杂草，它会蒙蔽你的双眼，让你只看到自身的利益，而看不到别人和集体的利益，从而干出损公肥私、损人利己的事。时间一长，你的朋友甚至亲人都会离你而去，让你成为“孤家寡人”。更有些有权有势者因贪图国家钱财，最终锒铛入狱，后悔莫及！你若不想重蹈覆辙，那么赶快拔掉这种杂草吧！让心灵重现大公无私、心胸开阔的繁荣景象。

嫉妒和羡慕是长在心中的杂草，这两种草会驱使你跟别人攀比，羡慕别人的显赫，嫉妒人家的权力；羡慕富豪挥金如土，嫉妒别人的锦衣玉食。只要别人有一样超越了你，它就会在你内心疯狂地长长。如果实在比不过别人，它就会充满恨意，驱使你对别人做手脚，使绊子，甚至让你走上犯罪的道路。亲爱的朋友，请你赶快拔掉这种杂草，使心灵重现往日的平和宽容吧！

贪婪是长在心中的杂草，这种草会指使你把手伸得很长很长，捞钱、捞物，用尽一切心机。贪了一万元还想十万元、百万元，甚至千万元，直到把自己贪进监狱，才后悔莫及。若你不想如此，那就赶快拔掉这种杂草，去找回那两袖清风、廉洁奉公的自己吧！

自卑是长在心中的杂草，这种草会让你觉得自己这不行、那不行，这也不好、那也不好，满脸的苦大仇深。言语怨天、怨地、怨父母、怨政府，只看到生活中的黑暗面。从而丧失自信，把一些事务推给别人，自己不敢去承担，完全没有责任心来承担一切。亲爱的朋友，赶快拔掉这种杂草，去找回那本就属于你的自信吧！

自傲也是长在心中的杂草，这种草让你高高在上，目中无人，除了自己，瞧不起任何人。谁会喜欢跟盛气凌人的人交朋友，做生意？伟人曾说：“虚心使人进步，骄傲使人落后。”亲爱的朋友，赶快拔掉这种杂草，去找回那个满面春风、平等待人的自己吧！

“世人都说路不齐，别人骑马我骑驴。回头看看推车汉，比上不足比下有余。”一切都源于自己的虚荣心。拔掉心灵上的杂草，培育心灵的一片田地，栽植鲜花绿草，让你心灵的环境美丽开明。

随风联想

站在高高的山顶，轻轻接受风的洗礼，任它吹落我身上的尘垢，吹醒我杂乱的思绪。

风是大自然的精灵，风是大地的裙摆，风是四季的脚步，不停地变换着春夏秋冬。

春天的风，送来温暖。宋代诗人王安石在《元日》一诗中说："爆竹声中一岁除，春风送暖入屠苏。"爆竹惊醒了春风，春风带温暖潜入大地，喜欢这一元复始的大好季节，畅饮新酿的屠苏酒庆贺，从此春天来了。

夏天的风，带来凉爽。夏天的风常常伴雨而来，为人们消暑解热，虽然偶尔会是暴风骤雨，甚至还夹杂着冰雹，但总的来说夏日凉风是人们所喜欢的，它能给人带来凉爽，是人们所追求的。

秋天的风，是伤感的。秋风吹地叶落寒，便是一夜满地霜。秋风摧黄了绿叶，摧落了果实，使大地一片荒芜。“秋风吹白波，秋雨鸣败荷。平湖三十里，过客感秋多。”在人们眼里，秋风是伤感的，给人带来无助感。

冬天的风，是寒冷的。寒风是无情的，寒风中夹带着雪花，杜甫《遣怀》：“愁眼看霜露，寒城菊自花。天风随断柳，客泪堕清笳。”满眼愁绪只看见繁霜白露，寒城里的菊花寂寞无主，自开自落，天际的冷风飘摇着断败的柳枝，他乡客行的离人听到悲戚的清笳，忍不住泪流满面。

一年又一年，一岁又一岁，时光在风的抚摸中度过。春风鼓舞人，夏风清爽人，秋风感染人，寒风教育人。

风是诗人的情，风是诗人的魂。古往今来，无数文人墨客、英雄豪杰的壮言，句句借情于风，“一片花飞减却春，风飘万点正愁人”，风飘之中，诗人愁情片片可见；“千里莺啼绿映红，水村山郭酒旗风”，千里美景收尽，山村中的酒旗在风中尽情舒展；“大风起兮云飞扬。威加海内兮归故乡”，大风骤起，云彩飞扬，以威望平天下，荣归故里，这是何等感慨！风中有诗人的爱恨情仇，喜怒哀乐，风雨飘摇心深处，多少诗情画意，尽在不言中。

感受到风，神清气爽。它带给我的不只是一丝战栗，一丝凉爽，更多的是一种精神——驭风前行，乘风破浪。

独坐黄昏后

薄暮时分，倚靠屋前，遥望空旷寂静的天空，西山上托起一抹余晖，泛起淡黄色的红润。今天的黄昏美极了，夕阳的暮色勾画出一连串的遐想。

蒙蒙细雨后，天气晚来晴，料峭的严寒抖落在黄昏里，夕阳挂在将要脱尽叶子的梧桐树梢上。也许是奔波了一整天的缘故，光线里已经没有了直射的余热，却充满了梦幻般的色彩，使整个小院里的房屋、树木在光照下黄澄澄、亮晶晶的，像是天上撒下一层金沙似的。天空中每一处都染上了同样的颜色，在那抹流动云的驱使下，跳跃着，眨眼间便产生了种种奇妙的变化。神秘的紫色、鲜明的橙色、华丽的金色……我陶醉在这五彩斑斓的色彩中。色彩从夕阳的中心向四周荡漾开来，一片绚丽，但是每一种颜色都带着一层黄蒙蒙的薄纱。这种黄就像秋叶一般冷艳，也像秋天一般渲染着浓郁和寂寞，整个天空都笼罩在瑰丽的梦想间，让人回忆起童年。

童年记忆里，每次放学回家，把手中的书包挂在院子里那棵梧桐树上，就开始在院内玩耍。这时，火红的太阳仍然挂在树梢上，累了一天的鸟儿纷纷归巢，在树枝上跳跃、鸣叫，仿佛是在交流一天的喜悦与收获。我聆听着不敢发出任何声响，生怕惊扰鸟儿的谈话，只有母亲边做饭边絮叨今天发生的事，父亲使劲儿吸着自己卷的旱烟，只在母亲停顿间用“嗯”回答着所有的问话。

树梢的太阳开始缓缓西下，晚霞依旧灿烂，鸟儿的鸣叫逐渐低沉。红墙灰瓦的屋顶冒出的炊烟告诉你，晚饭马上就做好了，小院的饭桌上已有秋后丰收的约会，玉米、白薯、花生、倭瓜之类，盛满上桌。梧桐树上的蝉叫个不停，像在呼唤余晖下未归的家人。

静静的村庄，被暮色浸染着，房屋、柴垛、池塘、芦苇，连小巷都被蒙上了凄凉的调子。街上偶尔传来“臭豆腐”的叫卖声，引起几声犬吠。院里红薯花热烈地开放，郁郁葱葱地开出一片花海，也许这就是花朵对生命的讴歌之作。

人过四十天过午，年过五十黄昏后。当回忆起那袅袅炊烟和雾气弥漫在一起的时候，梦中所牵挂的故乡黄昏，竟朦胧地浮现在自己眼前。黄昏已至，父母已走。未懂事的时候，我不懂黄昏，没有更好地用心、用爱去孝敬父母；当我背井离乡，久居他乡的时候才开始懂得珍惜那抹黄昏的余晖，才体会到那份深藏在内心的触点。于是，才真正地想念家乡的黄昏，想离开喧嚣的城市，再回到那梧桐树下，等待收割那片熟透了的金灿灿的田野，在被压弯腰的谷穗前，向你诉说我童年的故事。

眯着眼靠坐在椅子上，太阳已收敛了所有的光芒，在暮云的烘托下将其藏在了心底，等待着，等待着翌日释放出来……

独坐在黄昏，发觉年逾半百的我开始与美沾边了。黄昏之美，是沉静之美，不矫揉，不做作。这个年龄段的人就如绯红的夕阳一样，焕发着迷人的美丽和俊秀，让人浅唱低吟。人老后更喜欢安静，喜欢回忆往事，独自一个人坐在那儿回味过往，思绪奔驰在历史的时空隧道，回眸几十年来走过的路，看到的、听到的、经历的事太多了，所以现在把什么都看淡了，从容淡定，随遇而安，一切随缘。

夕阳无限好，莫怕近黄昏。

崖柏联想

在盛行收藏的时代，人们各自收藏着自己的珍爱。有人喜欢珍宝，有人喜欢名人字画，有人对仿古家具感兴趣，有人独爱枯木崖柏，我就属于这种。虽然我对枯木崖柏没有什么研究，但对枯木崖柏的形态和千年不朽的性格情有独钟。对它的爱源于一次偶遇。

有一次出差，去了一趟陵川县和林县，并参观了一处神秘的原始森林。陵川县，隶属于山西省晋城市，位于山西省东南端，西连高平市，西南连泽州县，北靠壶关县，西北毗邻长治县，东部和南部与河南省辉县市、林州市、修武县毗邻，为山西省东南之门户。全县总面积约 1751 平方公里，平均海拔 1058 米，最高海拔约 1796 米，最低海拔为 628 米，陵川县是典型的石山区。也许就是因为这样的地理条件，才造就了崖柏的生存空间。

崖柏生长在悬崖峭壁上，虽属柏科，却不是普通柏树。因为生存环境恶劣，生长极其缓慢，生长期达千年以上方为佳木；又因根须深扎岩壁，养分供应不均匀，扭曲生长，肌腱纠突，铁杆龙枝，造化天工；枯死50年以上，芳香油才从肌理渗出，质地呈牛肌纹，打磨时清香四溢，木质坚硬，入水即沉；而500年后芬芳已尽，里外皆风化为灰白色，作为香木便寿终正寝。太行山脉深处的群山峻岭，那里纵横交错，奇峰秀岭，参天古木，总给人一种压抑的感觉。抬起头不见太阳，抬眼望去，悬崖处枯木崖柏苍劲的臂膀悬空延伸，在沧桑千年的历史面前，默默地低下头。

枯木崖柏是苍劲而浑厚的，大大小小的枝杈在空中无尽地延伸，它悄悄排布在沧桑的历史长河中。我只能仰视它刚劲而枯萎的尊容，端详它“为有雄风多壮志，铮铮铁骨傲云端”，而它用凝聚的眼光注视着我，居高临下。我不敢与这样的目光对峙，我无疑是一个弱者，面对这样的千年古苍之物，我像是一个无所适从的孩子，在它的垂视下，迎面袭来的是那欲罢不能的渺小和失落感，据哲人说，这就是心灵的距离感！

我无法逾越这心灵的鸿沟，更不喜欢用这种方式交流，我加快脚步，紧跟陪同人员前行，听导游讲述大山深处的故事。在机械不发达的年代，崖柏是勇敢者利用绳索攀登的支撑点，它有着极为重要的作用，可以让那些攀登者如同猴子一样在陡峭悬崖上自如爬行，更像今天孩子们所喜欢的蜘蛛侠。崖柏，以生命为代价为攀登者提供支点，所以我把家里的崖柏摆件看得非常珍贵。崖柏是一种天然植物，无法人工培育和种植，具有不可再生性，尤其是生长在悬崖峭壁上，所以量相当少。加之崖柏是由采柏人冒着生命危险采伐而来，所以人们对崖柏的收藏就更为珍视了。

“枯木崖柏”，从字眼分析，枯木几近于朽木。自古常言“朽木不可雕也”，实际上，在艺术造型上，丑、漏、空、透是对自然艺术品的定义，当千年枯木崖柏到了工匠手中自然就不一样了，不仅不是朽木，还会成为高档次的艺术品。

据资料得知：崖柏俗称“陈化料”，历经成百上千年的风吹日晒，气味稳重，香气闻起来很舒服。崖柏作为濒临灭绝的植物，又是植物活化石，已被列为重点保护对象。崖柏还具有药用价值，抗炎、解毒。崖柏具芳香之气，能净化空气、杀灭细菌和病毒，具有抗炎消肿功效。崖柏五行属木，而且是最厉害的木属性，佩戴崖柏饰品对于五行缺木的人大有裨益。

宋代司马光《山头春色》：“翠色添崖柏，寒声拍涧冰。谁为物外友，挈手共同登。”枯木崖柏生长在高山峻岭的翠绿松柏之间，谁要喜欢此物就得攀登才能采之。在悬崖峭壁上，人们还是会迎难而上，因为有人喜欢枯木崖柏，所以会为了利益而冒险。听陪同的人说太行山里的山民就以此作为经济来源，冒着生命危险采伐枯木崖柏，摔下山崖丢了性命是常有的事，造成终身残疾的也不少，可见是拿生命在采伐，更显崖柏之珍贵。尽管崖柏十分具有收藏价值，但我依然不希望人们以生命为代价采伐，或许只有没有了崖柏交易才能终止那样的伤害。

心 净

心净如莲，仰不愧于天，俯不愧于地。用心做人、用心做事，方可为自己积攒好的人品，人品攒够了，好运自然也就来了。

何为用心？心善。心善是养生学中最高的修行，能经常帮助弱者，使他人摆脱困境，心善之人，心中必会涌起欣慰之感。一个乐善好施的人，常处于一种身心轻松的状态，这样的人大多健康长寿。

何为用心？心宽。心宽意味着一种包容，也意味着自己内心世界的宽广，心宽之人能与周边的人和谐相处。自古有言，大人不记小人过，宰相肚里能撑船。心宽之人可以用自身强大的心理素质接受常人难以接受之事物。

何为用心？心正。心正之人可以正大光明地完成每件事。清清白白做人，明明白白做事，心正可令人吃饭香、睡觉稳。相反，私欲太重则会使人迷茫、狂妄、急躁，以致不能心净平安。在平淡的生活中寻找快乐，不计个人得失，看淡人间浮云，心净方是人生之福。

优哉游哉

生命诚可贵，健康最重要，年轻时拿命挣钱，老了拿钱保命，虽然逻辑不通，但现实生活中的大多数人都在这样做。

不觉已到暮年夕阳红，退休了，完全进入了生活舞台，退休后，周围的环境变了，接触的人也变了，生活一时悠闲下来，为了适应这样的生活需调整心态、提高修养。“最美不过夕阳红，温馨又从容，夕阳是晚开的花……”心在优哉游哉中从容而淡定。

一个退休的人，就像一朵闲云，既不承雨，又不为风所迫，游来荡去；一个退休的人，就像一只野鹤，每日自由来去，既可食花饮露，也无被圈养之苦。

退休之人，最该懂得的是自己，把自己当成闲人，别人才会轻松几分，自己也少了许多尴尬。人生就是这样，不同阶段的自我定位很重要。定位好了，好多事儿就顺理成章了。

比如读书。退休后，最该读的书是闲书，用闲心读闲书，适心养性即可。书太重了，读起来劳神累心，对于已不再愤世嫉俗的诗人来说，大可不必再去引经据典。即使轻描淡写的几句话，也足以让饱经沧桑的心悟得禅机。

比如喝酒。退休后，若要喝酒，一定要喝闲酒。喝闲酒轻松，轻松了才能尝出酒的原汁原味。喝进去的是真诚与激情，即便吐了，吐出的也一定是推心置腹的辛酸与苦辣。

比如唠嗑。退休后，唠的嗑一定是闲磕，太沉重的话题，已不再符合这把年纪。像嚼甘蔗一样唠过去，像数家珍一样唠朋友，像看云观潮一样唠时事。到了耳顺之年，不争不吵不辩了，是非胸中有，曲直何须论。

人生在世，不管哪个年纪的人，都要活得应时应季应节气，如同这一年四季，春种夏锄秋收冬藏。若到了冬藏的年纪，你再乱忙一通，既乱了节令，也乱了自己的人生。

人生能得几时闲？闲，既是一种生命状态，也是一种生存理念，更是一种人生境界。退休后，真正要做个闲人，且闲得恰到好处，也不是一件很容易的事。难在哪儿？难在心，心定才能神闲。圣人说了：万事成在心定，心定则静，静而后能安。心定了，一切便有了定力，做闲人也有了根基。根牢了，枝叶才能蓬勃伸展。

在物欲横流、心浮气躁的当下，心如果依然漂着浮着悬着，依然被功名利禄勾引着，依然被那些有形无形的欲望缰锁捆绑着，人只能在汹涌的世俗潮流中，随波逐流，丢失自我，失去本心。心丢了，人生将苦海无边。

退休了，闲下来了，自觉地做个闲人，用闲时闲力闲情，让历经沧桑疲惫已久的心，在夕阳的辉映中，伴漫天晚霞，尽享生命之无限愉悦与欢欣。

人生三门

人生莫过闭门、开门、出门，三门各有其义并收获其益。一曰“闭门阅佛经”，二曰“开门接佳客”，三曰“出门寻山水”，此人生三门也。即将门关起来阅读佛经，开门迎接志趣相投的友人，出门寻找好山好水，修身心、得良友、健体魄，益在多处。

吾亦有三益，“忙里偷闲习书画，开门迎宾话业务，游山玩水是风情”。其中开门迎宾乃生意的铜臭做法，在此不谈也罢。

我喜欢书法，从临摹到欣赏书法的魅力所在，多角度认识书法，在内涵里寻求书法艺术中涵盖的中国文化，临摹书法让我获得了很多人生感悟。笔法、墨法、章法，乃书法之精髓，而笔法中的中锋就如做人做事的原则，中锋有方笔、圆笔，讲究快慢，寓示做事该方了方，该圆了圆，可谓为人之道。

墨法分浓、淡、干、湿等用法，浓墨厚重，淡墨浮浅，干墨露白无韵，湿墨渲染飘逸。在体现作品灵动性的同时也暗寓了人生之奥秘：浓墨重情、淡墨无义、干墨吝啬、湿墨寡义。

戏曲有生旦净末丑五大行当，书法中也有，例如隶书如“生”，庄重沉稳；楷书如“旦”，俊俏端庄；行书如“净”，变化无穷；草书如“丑”，狂而不乱……

从书法中感受人生万象，享受自己的内心世界。

常言读万卷书行万里路，寻游名山大川，饱览自然风光和名胜古迹，既可锻炼身体活动筋骨，又可开放眼界，开阔心胸。放松身心在山水间行走，感受到天高地广，看山山高，望海海远，得天地之灵气，心清气自爽。此为一益。

游名山大川让人增学识广，胜读历史，观其殿堂庙宇，览民宅民宿、街道风情，地理风貌与自然风光彰显出民俗发展历史。此其二益。

当地文化和风味小吃更是馋人，听地方戏曲小调，增加文化内涵，从地域风情中了解地域文化，充实自身文化修养。此三益也。

现代生活中人们越来越注重文化修养，本人于此浅谈三门之益，望读者莫烦思维低劣。

东临碣石

“晚风轻拂澎湖湾，白浪逐沙滩，没有椰林缀斜阳，只是一片海蓝蓝……”《外婆的澎湖湾》让童年时期的我对海滩产生了无限遐想。诗人高尔基说：“在苍茫的大海上，狂风卷集着乌云。在乌云和大海之间，海燕像黑色的闪电，在高傲地飞翔。一会儿翅膀碰着波浪，一会儿箭一般地直冲向乌云，它叫喊着，——就在这鸟儿勇敢的叫喊声里，乌云听出了欢乐。”多么潇洒惊险，让我幻想有一天自己会畅游大海。

在青春正旺之际与文化部古建队领导去了一趟北戴河，搭船游列岛，终于见到梦里游了千百回的大海。光着脚丫面朝大海，湛蓝的海水一望无际，分不清哪是天哪是海。那悠悠的海之蓝啊，深邃而纯净，融化了我的身心，吸引我跳入她温柔的怀抱。

海在岸的怀抱里窃窃私语。微风下，大海荡漾起层层波浪，如一层蓝色烟波，如纯净的蓝色火焰。海天相接处泛起一层淡淡的红晕，恰似犹抱琵琶半遮面的少女，楚楚动人。

放眼远眺，天与海蓝蓝一色，似乎不远处就是彼岸，海浪齐刷刷翻滚而来，渔帆星星点点飘然远去。海是那么广阔辽远啊！脚下湛蓝的海水亲吻着礁石，诉说着衷肠，转瞬间却化成雪白的浪花。被溅湿了的白色旅游鞋此刻也是幸福的吧。高空中的海鸥“欧欧”地欢呼祝福，仿佛浪花里飞出欢乐的歌。我肆无忌惮地回应大海：“我爱你，大海!”泛起的浪像五线谱上跳跃的音符，合奏出惬意的乐章，我与浪花、涛声、海鸥演奏出人与自然的和谐之声。

第一次与大海亲密接触，排排浪花荡漾在海面上，也荡漾在我的内心，我深深感受到祖国的辽阔。它让我心胸开阔，那些所谓的烦恼早已荡然无存，大海给我激情，给我信心，给我力量。这种力量让人忘却烦恼与忧伤，这种力量神奇而不可估量，能让人果敢刚毅，勇往直前。我不由得吟诵起那首《浪淘沙·北戴河》：“大雨落幽燕，白浪滔天，秦皇岛外打鱼船。一片汪洋都不见，知向谁边?”

傍晚，我们沿着海岸线踏浪前行，任清凉的海风吹拂千思万绪，欢快的浪花不时调皮地打湿衣衫。懊恼的思绪随风吹落到海里。夕阳红透了天际，慢慢与海角连在一起。海，略显羞涩，披一抹红在蓝色的水面波光斑斓。天已黑，夜幕笼罩下的大海充满神秘色彩，习习海风吹动发梢，轻抚我的脸庞，凉爽舒适，沁人心脾。我们坐在沙滩上，倾听内心与海的对白，久久不愿离去。

源　泉

泉，水也，源于地下积水。我对泉的理解，源于在生活中所见所闻感悟出的源泉之意。有诗云：“空山日落雨初收，烟树沉沉水乱流。独有幽人心不竞，坐听寒玉竟迟留。”文人笔下，泉水在一片幽静的山谷里，潺潺流动，流向远方……

泉便是源，是一切事物的出发点。

掌心的一把土，眼前的一条河，我常会去探索它的来路和归途。无论世事多么纷繁复杂，只要能抓住其中一条线索，找到它的源头，就能认识根本。那就是“源泉”。

泉极其寻常，甚至是不起眼的。山根、潮湿的坡地、河坝下挖个坑，都会有水流出来，水聚集起来便是泉。清澈冷冽，潺潺滑滑顺势流去，多条泉水合起来，便形成了溪水、河水，直至汇聚成海。

给予我们生命的父母，生活中遇到困难坎坷时帮你渡过难关的人，在迷途中为你指点迷津的人，以及在我们受苦受难时，让我们的心灵得到滋润和救济的人，他们是我们生活的源泉，我们应滴水之恩涌泉相报。如此方不失人伦之性。

有一天读到孟子的感言："源泉混混，不舍昼夜，盈科而后进，放乎四海。"我豁然明白了，我信仰的不过是故乡的那一汪清泉，在心灵的山野，这泉至纯至净，思想的灯火如无数眨着眼的星星，放射着至善至美的光芒。

辑四　万物有情

清闲下来，品味过去沉醉的味道，本来很普通的东西，通过回味，却有了一种清新脱俗的感觉。

丝瓜情

老家的篱笆院给我留下了很多童年回忆，母亲很勤快，为了农活每天起早贪黑，闲暇之余仍不忘在篱笆墙根翻土浇水种下几颗丝瓜种子。

那时，放学后第一件事就是跑去观察，而且会不停地问母亲丝瓜种子什么时候发芽。母亲微微一笑，告诉我："不要着急，过几天就出来了。"我总是想多浇点水让丝瓜种子快快发芽。母亲看出了我的心思，很耐心地对我说："千万不能多浇水，浇多了种子在土里容易腐烂。"当时我还不能理解，后来才知道水浇多了会使土壤变硬，丝瓜芽没有那么大的劲拱出地面，反而会被闷死在土里。

没过多久，几棵小小的芽终于露头了，我和弟弟妹妹高兴极了。又过了几日，长出了几片小小的新叶，叶片细嫩，让人十分怜爱。母亲告诉我："可以在小苗的四周浇上一点水，不能直接对着苗浇。”我在小苗的四周浇上水，期盼着瓜秧能快点长大，早早结出大大的丝瓜。时间一天一天地过去，瓜秧上长出了几条弯弯曲曲的须子，墨绿色的叶子随风摆动，让人赏心悦目。随着叶子的长大、增多，丝瓜秧拖蔓了，那藤蔓卷曲着细细的须子紧紧抓住一旁的篱笆墙，向远处不断地延伸。母亲拿来几根细长的木棍，搭好架子，让藤蔓沿着木棍往上攀。我内心不由得幻想，等到它爬满整个木架时，肯定会遮天蔽日，形成一个绿色的秘密通道，我就可以带着弟弟妹妹在此玩耍了。

慢慢地，丝瓜在阳光雨露的滋养下，开出了黄色的五角花朵，中间夹着细细的花蕊。花朵水灵灵的，在绿叶的衬托下十分好看。一天，母亲摘了一朵戴在妹妹头上，特别漂亮，我随口问了一句：“这是不是就是大人们常说的‘黄花大闺女’?”逗得母亲哈哈大笑。

天越来越热，而且还常常下雨，正是丝瓜长势最旺的季节，藤蔓一个劲地向前攀爬。在木架的支撑下，瓜藤很快遮蔽了整个通道。那绿色的叶、黄色的花，在微风中骄傲地摆动着，仿佛在显摆它们为人们遮阳所做出的贡献。

我每天都会给它浇点水，母亲偶尔也会修剪一下它的枝杈，说是通风会长得更好。母亲说丝瓜的花也分雌雄，花与花柄之间没有小瓜的是雄性花，要剪去，因为它不结丝瓜。

黄色的花朵一批接一批地开，又一朵接着一朵地凋谢。花儿枯萎后会留下一个小小的瓜球，这便是丝瓜。慢慢地，嫩嫩的小丝瓜变成了大丝瓜，细细的，长长的，有弯弯的，也有笔直的。丝瓜起先是嫩绿色的，渐渐变成深绿色的，一条条纹路清晰可见。

夏天来了，藤上结满了丝瓜，嫩绿嫩绿的让人很喜欢。有的可以达到两尺长，宛如一条细长的蛇。我们几个淘气的小孩子，搭人梯摘了一根又粗又长的丝瓜，连上一根藤，放到附近昏暗的小路上，然后埋伏在树坑里，等待着行人走过，只为吓人一跳。有一天，我们在我家门口的篱笆墙外设了个埋伏。母亲串门回来，走到家门口附近，突然看到地上有一条长长的东西在爬行，吓得大叫起来。我赶紧跑出来，说："妈妈，别怕。那是咱家的丝瓜。"母亲从惊慌中反应过来，狠狠地打了我两下，很严肃地对我说："那是咱家最大的丝瓜，本来是留着用来作种子的，我还寻思是街坊邻居摘去吃了，也就没追问。原来是你们几个摘来吓唬人，你们还能不能学点好？"母亲严厉地训斥了我们一番，此后我们便再不搞这种恶作剧了。

记得当时母亲每天都要摘上几根，炒菜或是做丝瓜汤。丝瓜汤味道非常鲜美，我一顿能喝两大碗。丝瓜炒面筋，是我的最爱。自从离开故乡，离开母亲，再也没吃过丝瓜炒面筋。不是不会做，只是再也吃不出当年的味道了。母亲说："丝瓜不仅可以食用，也可药用呢。丝瓜络清热解毒，老丝瓜镇咳祛痰，丝瓜篓了可以洗碗，除油去污效果特别好……"真没想到丝瓜还有这么多用途。

童年时期，家里每年都会种些丝瓜，吃不了就送给邻里乡亲，也可促进邻里和谐。如今，丝瓜早已不是什么稀罕物，在超市、菜市场都可以买到，自家种植的少了，家家住上了楼房，再也没有可种植的地方。有一天去朋友家串门，看到他家阳台上的花盆里有一棵丝瓜秧，长得还不错，藤蔓顺着一根绳子奋力向上攀爬，但是否能结瓜，我就不知道了。

蛛 趣

童年的故乡是贫穷的，电都没有更别说电风扇和空调了。晴朗的盛夏之夜，没有一丝凉风，天气闷热得让人心烦。乘凉的人熙熙攘攘地坐在一起，大人们谈着生活中的琐事，谈笑风生，乐趣无穷。小孩儿则不同，常跑到无人的杂草丛中寻求乐趣，或是几人一起追玩打闹。我自小就少言寡语，却善于观察，因此能从大自然中发现很多奥妙和趣事，其中给我印象最深的动物就是蜘蛛。当黑夜来临，蜘蛛在树杈上布下天罗地网，等待猎物上钩。

蜘蛛长相很丑，小小的脑袋后面拖着圆圆的大肚囊，八条腿毛茸茸的，让人非常不喜欢。不过它却有着一身为人除害的本领。蜘蛛腹部的丝腺可以分泌黏糊糊的液体，这些液体遇到空气就变成了丝线，可以架设在两棵树之间。织网时，蜘蛛先固定好方位，再一圈一圈地织起来，一道一道的丝线好似地球仪上的经纬线。织好后它便躲在一旁休息，等待着蚊虫自投罗网。

我向来对奇妙的事物特别感兴趣，所以我曾细心观察过蜘蛛。我发现，蜘蛛非常勤快，大多在早晨天还没亮时就开始布置新网了，那时一些贪懒的动物还在睡梦中。蜘蛛的勤奋给了我很大的启发，使我在以后的生活中常常以此激励自己。为了生存，它用体内的精华精心努力地布置出自己的网，然后躲在暗处耐心地仔细观察着网面的动静。

天亮了，阳光照在大地上。飞虫纷纷出动，它们肆无忌惮地飞行，很快便有一只撞在了又黏又结实的蜘蛛网上，它拼命地挣扎，想要挣脱网上的黏液，但使尽浑身解数都无法摆脱。蜘蛛安然地待在原地窥视猎物的一举一动，待猎物完全失去生命迹象，它才入网收获猎物。抓到猎物后蜘蛛并不是直接吞食，不管是小小的蚊虫还是大大的苍蝇，它都会先从嘴里吐出一种黏液在捕获物的身上，等其腐蚀软化，然后再慢慢吃掉。

有一个问题我一直不解：为什么飞虫一撞到蜘蛛网上便会被粘住，而蜘蛛却可以在网上行走自如呢？这个问题后来有了答案。有一天傍晚我和几个小伙伴比赛看谁打得准，能把树杈上正在补网的蜘蛛打下来。大家捡起砖块向蜘蛛扔去，蜘蛛网被打得残破不堪，蜘蛛悬挂在网上，在空中荡来荡去，没坚持多久，它就掉在了下面的水沟里，但没过一会儿蜘蛛又爬上了岸。走近一看，它身上没有一滴水，用手一摸滑溜溜的，像涂上了一层滑石粉。我这才恍然大悟：它之所以能不被网粘住是因为它身上有一种特殊的隔离油质。

蜘蛛身上还有一个可贵之处，就是即便它的网被狂风吹破了，它也会不屈不挠地再建，直到它的网挂满领地才肯罢休。在生活中，我们往往也会遇到各种困难和风险，此时，我们就要像小蜘蛛那样顽强不屈地征服一切。

小　草

“野火烧不尽，春风吹又生”，只要“天不荒，地不老”，草就可以无忧无虑地自然生长，长在田间、地头、高山、河坡，从不在乎别人的感受。

多数偷伐者，眼里只有大树，没有草；人们从没有路的地面上踩过时，践踏的不是土地，而是草；人们喂养家畜时，用的不是营养丰富的粮食，而是草。草在人们心目中被冠以“小”字。

我的家乡地处白洋淀下游，有许多沟沟岔岔的河道，河道边成排的柳树下长满了绿油油的小草。春天，伴随着春风和春雨，小草从大地的每个角落露出头，远看犹如绿毡。放学后，疯跑的孩子们要背上筐，等玩够乐够后，拔些新嫩的小草，带回家喂羊或猪。那时候每家都养牲畜，而牲畜的主要饲料就是野草，所以我自幼就对小草有深深的感情。每到初秋，便是打草的季节。家家户户打草晒干垛成垛，日后粉成面用来喂猪。田间地头，到处都是晾晒的场所，家家如此，一望无际。谁家要是不打草晾草，在村里人看来就是不会过日子。然而，草也是有限的，大规模地割拔后，绵延几十里，河边、田野都是光秃秃的。好奇的我当时还在想，它还会长出来吗？一到春季，春雨过后，依然绿绿的一片。

草，面对雷霆似的毁灭收割，依然默默地回报人类。面对牛羊的啃食和踩踏，贡献出自己的生命，以报大地的知遇之恩。在茫茫草原，草被铁蹄拦腰折断，但它从没有真正折服过。

草，虽没有花朵，却依旧高傲，哪怕单薄得只能炫耀自己的叶子，虽承受了很多的苦难，却享受不了功勋和掌声。人们给很多事物都贴上绿色的标签，绿色出行、绿色食品、绿色生态……可谁在乎过绿色的小草？它才是大自然中最朴实的英雄。

草，打着清一色的绿旗帜，把旗帜插在了千山万水。平原有绿色草地，湖边、河边有绿色草地，连石缝间也可以找到绿草的踪迹。

草拒绝播种，因为它习惯了自由生长；草拒绝和富贵的花朵为伍，因为养花人会把它拔掉。然而，草一携手，一并肩，一不小心便铺接成了草原。

草虽然平凡、渺小，却有着强大的生命力，这是对生命渴望而得来的力量。草不怕电闪雷鸣、狂风暴雨，这是它的信念和性格使然。这份倔强，在中华民族的伟大复兴上体现得淋漓尽致。面对外强侵略，屈辱百年的中华民族像小草一样，不屈不挠努力且拼尽全力捍卫着自己的尊严。

盐 豆

戊戌年的雪一直没有下，时光却没有一刻停留，转眼便是新年，心也随着年的临近不由得紧张起来。虽然不像小时候那样盼望过年，想着吃好吃的、玩好玩的、看好看的，和只有过年才有的新衣服，可过年的食材也是要准备的。随着生活条件的改善，大鱼大肉已不再稀罕，家常小菜却成了主打的时尚菜品，其中最不可缺少的就是传统小菜“盐豆”。

记得母亲在小年（腊月二十三）就开始腌盐豆，这一天最重要的节目是祭灶，早晨要把旧的灶王爷像供上烧香祭拜，除了祭灶专用的糖瓜，还有就是盐豆。之所以把盐豆当作供品，是因为盐豆有五谷丰登的寓意。盐豆样式繁多，色彩丰富，寓意生活多姿多彩。

盐豆是生活中常见的美味佳肴，制作过程也相对简单，将黄豆煮好放进袋里晒干，之后倒入容器，放花椒、大料、茴香、姜、盐调味，加入花生米、萝卜丁之类即可，随吃随取，十分方便。在物资缺乏的年代，母亲从小年开始，吃饭时总会添上一盘盐豆，可我不爱吃黄豆和萝卜丁之类，专挑花生米吃，有时还会在大盆里专挑出花生米，把其他的再倒回去，往往是年没过完，我就把整盆盐豆里的花生米挑没了。

老家有过年舍盐豆的习俗，正月里，每家每户都要舍盐豆给村里，村民们自愿舍出家里的黄豆、花生米。由村里的会头在大锅里腌制，到了正月十五，村里敲锣打鼓，耍着灯笼，舞着狮子，放着烟花，会头带人在大街小巷高喊“放盐豆喽”。因盐豆在老家有“言和”之意，所以发放盐豆时要一起发放，共同食用，街坊邻里间的小矛盾便在新年伊始消除了。至今，村里依然流传着“发盐豆”的习俗。

时代变迁，生活富裕了，每年过年我都学着母亲的样子腌盐豆，但食材里增加了芹菜丁、柿子椒丁之类的蔬菜，当然，花生米依然不可缺少。为了健康，孩子们更喜欢吃里面的蔬菜，不像我幼年时那样只是挑里面的花生米吃。物资的丰富和生活水平的提高，虽改变了传统的生活方式，但传统的风俗依旧埋藏在了心里。

高末言茶史

人生要耐得住寂寞，莫让繁华不断撩拨我们本就不平和的心境。倘若浮躁或疲惫了，不妨找一个娴静的地方，喝上一杯清茶，寻求一份清净。

夜色弥漫，温柔的月光照在安静的堂屋里，我静静地坐在茶几边上，在清新的茶香中，品味着淡淡的苦涩。生活中的酸甜苦辣都融入这沁人心脾的香气中。

我的童年记忆里，在北京城里生活惯了的太爷爷，一回到老家就要先泡壶茶。太爷爷喜欢喝茶，经常在春秋两季回老家时带些时令茶，多是红茶、绿茶、花茶和白茶。在太爷爷的影响下，我自幼对老北京的茶文化有一点了解，记忆最深的是老北京茶馆。

茶文化源远流长，在不同的地域饮茶，有不同的饮茶习俗和风格，北京文化底蕴厚重，茶文化自然也不例外。

听太爷爷说茶末也有文化。

旧北京时期茶馆有很多，一是爱喝茶的人很多，二是闲着的人很多，这两个条件都适合茶馆生存。元、明、清时期，北京地处中国政治文化经济中心。来京城朝贡或拜相的，都会选在茶馆交谈；来京赶考的学子和京城文人墨客也在茶馆交流；南来北往的商人在交易时也会约在茶馆商议；退休的官员也会聚在茶馆闲聊。上至达官贵人，下至平头百姓，都有每天喝茶的习惯。就连贫困潦倒的车夫和搬运工，在日暮收工时也会买上一包茶叶带回家。故而茶馆得以兴隆。

高末是老北京特有的，是茶叶店筛茶时筛出的茶叶末。在产茶的地方高末是一无可取的，因北京地处北方不产茶，而穷人又买不起好茶，所以茶叶店就以“高级茶叶末”的名义出售。茶叶店包茶时，一两被分为五份，因为穷人每次所买的茶叶量小，这种包法适应北京地区的平民百姓。劳动了一天，买一包茶叶回家沏上，睡觉前喝上一壶，便可去除一天的疲劳。

不少北京人早晨起来，都有泡茶的习惯。记得童年时期，只要太爷爷在老家，奶奶早上第一件事就是为太爷爷沏好茶，用茶盘端着杯和壶放到中堂的八仙桌上。太爷爷洗漱后，先含一口茶在嘴里咕嘟咕嘟，然后吐掉，之后才坐下慢慢喝。一壶茶后，才开始吃早点。

沏茶也是有讲究的。茶壶有瓷壶、陶壶、铁壶或铜壶，具体用什么材质的茶壶要根据季节来定。冬季用瓷壶可以保温，讲究一点的用青花瓷壶和紫砂壶；铜壶、铁壶有时也用在冬季，靠在炉火边可以长期保温。夏天沏茶则用陶壶，陶壶多为宜兴壶，这种壶即便盛暑泡茶也不易馊。沏茶的水基本上用的是井水、河水、雨水、露水、雪水、泉水。若用雪水，那么头场雪不能用，要用第二场以后的雪水。待雪停后，登梯子上房顶弄一些雪放到壶里融化烧开，用来沏茶，别有滋味。再有就是北方的深井水，水甜，沏茶好喝，为沏壶好茶，要买大街上挑夫卖的井水。在比较偏的农村，大部分人家烧柴，柴禾烧水沏茶格外好喝。而用大锅烧的水是不能用来沏茶的，也不知为什么，就是不好喝。

听太爷爷讲，老北京人早晨见面的问候语就是“喝了吗?”如果没问就是没礼貌，有看不起对方的意思。老北京有很多茶馆，大茶馆、清茶馆、书茶馆、茶铺、茶棚……

大茶馆在清末最为流行，清朝末期茶客多为旗人，因当时达官贵人和富豪乡绅注重清谈，生活悠闲，常来茶馆沏上壶茶，谈论谈论家常琐事消磨时光。也有一些人来茶馆谈论买卖，互通信息，在品茗的同时，若有新茶上市便会买一些带回家。

书茶馆里有艺人说书，来这里的客人要在茶资之外另付听书钱，书茶馆里主要说评书。老北京书茶馆的常客多为失意的官僚、商号老板、账房先生等。如今书茶馆里不仅有评书，还有相声和鼓曲，德云社成员就像是书茶馆的相声艺人。

茶棚就不一样了，茶棚常设在流动人口比较多的地段，二十世纪八九十年代，北京前门的大碗茶就有些类似于旧社会的茶棚。有首歌叫《前门情思大碗茶》:“我爷爷小的时候，常在这里玩耍，高高的前门，仿佛挨着我的家……带着思念么再来一口大碗茶……”这段歌词最突出北京风情，在茶棚喝茶，不是一壶而是一碗。茶棚的主要服务对象是基层老百姓，如拉车的和外地民工等，花三五分钱便可喝上一碗，解渴、消暑，实在便宜方便。《聊斋志异》的作者蒲松龄，为了搜集奇闻逸事，在家门口开了个茶棚，来客讲一个故事就可免费喝一碗茶。这种风格的茶棚既适合乡村体力劳动者休息、闲谈，又投合文人雅士的野趣追求。在农村，有些野茶馆，一般建在交通发达的十字路口，野茶馆以农村自然风光为主，极富田园风味。一个芦苇编制的天棚，四周开满野花。开设人除提供大碗茶以外，还会放置一些自家田园的瓜果，或一些新鲜蔬菜，供茶客购买。

茶饱经历史的洗礼，但其内涵中的文化没有流失，在发达的今天依然发挥着重要的作用。

坐在优雅的环境里，品着上等茗茶，过往事情不自禁地浮现于脑海。我对茶的追求也是源于家庭的熏陶。自从太爷爷回乡后，受“文化大革命”的冲击，自家经营多年的饭铺改成了“为人民服务茶铺”，主要为贫下中农服务。村镇上的干部经常聚到桥头的茶铺内品茶，并宣传毛泽东思想。当时六七岁的我，便见识了茶文化的平凡闲雅。

月光依旧温柔，我伴着茶儿，在茶后余香中细细咀嚼着人生的滋味，浓淡如茶，不禁欣慰。

丰富多彩中国扇

“扇子有风，拿在手中，有人来借，等到立冬。”在没有电的岁月里，扇子是家家必备的生活用品，特别是盛夏时节，人手必备。蒲扇、折扇和团扇较为常见。

一次偶然的机会，我有幸在京城参观了“扇子博物馆”，在参观中对扇子有了进一步的了解。原来，扇子中也蕴藏着很多中国文化。

扇子有很长的历史，《三国演义》中诸葛亮手持的羽扇是我们所知的较早的扇子。羽扇本由鸟类半翅制成，其初，扇羽用十；东晋后扇羽减为八。

羽扇所用材料，除了常见的鹅毛，还有雉尾、鹤尾、雕翎、鹰翎。羽之不同，品类高下殊异。晋陆机有《羽扇赋》：“昔楚襄王会于章台之上，山西与河右诸侯在焉。大夫宋玉、唐勒侍，皆操白鹤之羽以为扇。诸侯掩麈尾而笑，襄王不悦。”说的是楚襄王在章台之上请各诸侯，而来者取笑宋玉和唐勒使用白鹤翎做的扇子，楚襄王非常不高兴。

“妙自然以为言，故不积而能散。其在手也安，其应物也诚；其招风也利，其播气也平。混贵贱而一节，风无往而不清。”说明了羽扇有很多用武之地。在封建社会，羽扇还是权贵的象征。古代皇帝身后的掌扇是帝王的威仪象征，多是用孔雀翎装饰。

羽扇的制作，要经过采羽、选羽、刷羽、洗羽、理毛、修毛、缝片、装柄、整排、饰绒等工序。作扇之羽毛，以纯白者为上，整齐洁净者为上。凡制作羽扇，羽片排列必须两边对称，一般只能在一只禽鸟身上拔取左右两翼同一位置的翎毛来配对成型。采集后，精心地在溪水中刷洗，直至润泽光彩后待用。如果要改变羽毛的原色，还须染羽。

文人墨客喜欢的不是羽扇而是折扇，其扇面是文人创作之地。至明代，许多文人墨客开始在扇面题诗绘画，扇面使得扇子升华为另一种艺术形式，备受人们的喜爱和珍藏。读到此处，也许有朋友会想到东晋大书法家王羲之的故事。

王羲之在绍兴任会稽内史时，夏日傍晚，他访友归来，途中路过一座桥，桥上有一位老婆婆在卖六角扇。王羲之弯腰拿起一把六角扇，问老婆婆：“这扇子多少钱一把？”老婆婆见有人问价，满是欢喜地回答：“二十文钱一把，少几文也卖给你。”

王羲之顿生恻隐之心，跑到附近一家酒肆里，向伙计借来笔墨，在老婆婆的扇子上龙飞凤舞各题五个大字，并落款署名。老婆婆见原本干净的扇面被涂鸦得漆黑，便扯住王羲之的衣襟不肯放他走，怒气冲冲地说：“我全靠这些扇子讨生活，如今扇面被你弄得脏兮兮的，谁还肯买？”

王羲之见老婆婆不解其意，就笑着安慰老人家：“老婆婆别着急，若有人来买扇子，你就告诉他，这扇子上有王羲之亲题的字，售价一百文钱。”

果不其然，扇子顷刻被抢购一空。后来，人们为了纪念王羲之做的这件善事，便将这座桥，改名“题扇桥”，在桥头还立了一块碑，上题“晋王右军题扇处”。

女士们喜欢有香味的扇子，工匠们便制造了檀香扇，檀香扇由折扇演化而来，扇骨采用檀香木制作。一扇在手，香溢四方，盛夏可祛暑清心，入秋藏于匣中还有香袭衣衫、防虫防蛀之功效。檀香扇小巧玲珑，华美精致，深受女士们的喜爱。

随着时代变迁和人类科技的发展，电风扇和空调渐渐普及，人们似乎已经淡忘了扇子的存在。但扇子作为集绘画、书法、雕刻为一体的精美艺术品，已成为收藏和馈赠的高档物品。作为有传统文化特色的艺术品，扇子的确值得永久珍藏。

莲有心说

也许是生长在白洋淀的原因，我喜欢荷塘，喜欢荷塘里的莲花，那出淤泥而不染的粉红色荷花让人陶醉。可一到晚秋，荷花衰败，满池枯黄的荷叶在寒霜秋雨中显得伤感无助。所以相较荷花，我更喜欢莲子。

“接天莲叶无穷碧，映日荷花别样红”的时节，莲蓬开始孕育成形，莲子在莲蓬内，如同翠绿的宝石。观赏的游客赞美莲花的妩媚，却没有一个赞扬待熟的莲蓬，偶有好奇之客随手摘一朵莲蓬，抠上一颗莲子含在嘴里品味儿，感觉到苦涩时撇嘴道一声：“真苦，真苦！”

莲子初尝虽苦涩，细品，却有甘味溢出。

天下美食中，以莲子为主材的美味佳肴有山药莲子炖乌鸡、红枣莲子八宝粥、银耳莲子羹、莲子百合瘦肉煲等。而莲子不仅可餐食，亦可药用。《本草纲目》中记载，莲之味甘，气温而性涩，禀清芳之气，得稼穑之味，乃脾之果也。可见，莲子在药用价值上有健脾之功效。

近年来，文人墨客很少在作品中赞赏莲子，这对莲子很不公平。无论是洁白如玉的莲藕，还是亭亭玉立的荷蕾，抑或香远益清的荷花，均出自一粒平平淡淡的莲子。如果没有莲子，也就不会种出莲藕，没有宽大壮观的荷叶，更不用说妩媚鲜艳的荷花了。按理说莲子是最应值得赞颂的，可事实恰恰相反。因我个人是现实主义者，相比莲藕与荷花，我更喜爱平淡而实在的莲子。

醋史新说

油盐酱醋茶犹如一个个动听的音符，正是因为有这些音符，才奏出了一首首生活的乐曲。我热爱着烦琐的生活，所以对生活中的小情趣有所感触。特别是对厨房小料的妙用，有着浓烈的兴趣。我不是厨师，也不是品味师，只是祖上五代厨师，留下了一本泛黄的手抄菜料谱，尽管字迹残缺不全，拼凑着也能辨认清楚。其中《醋用》记录了祖上厨艺中醋的妙用。

泛黄的纸页上用毛笔记录了醋的分类：醋分底醋、中醋、面醋，还分凉、热、温。用法记载着："炒、熘之类为热醋之用。当火候正旺之时，用醋少许，高温热用，热用就是将油烧热时加醋、酱油烹饪之用，如醋熘丸子、醋熘白菜等。其次是醋之中用，就是在出锅前用醋，使锅中菜保鲜脆，属爆炒型，如爆炒土豆丝等。再有就是面醋善用，即菜品出锅后或凉拌时，用醋提味同时去除腥味之用，凉拌菜或汤类宜用之。”

这些小方法让我对醋有了新感觉，并对醋有了新的了解，闲暇之余便将醋写入小文。

古人曾用“忠信乡醋长日饮，春色无处不精神”说明长期食用醋对身体有好处。醋在我们的日常生活中起着非常重要的作用，是不可缺少的调料。据专家介绍，醋可以开胃，促进唾液和胃液分泌，帮助消化吸收，增强食欲。醋的主要成分是醋酸，而醋酸有抑菌杀菌的作用，除调味外，据说在白醋中加入蜂蜜，将其涂抹在肌肤上，还可以使肌肤细嫩有光泽。

如今，醋不单是烹饪之调料，有时还可作为日常生活中的医疗用品、化妆品、饮品。随着人们生活水平的改善，越来越多的醋产品被相继推出。

那本老食谱，没有什么利用价值，只能作为收藏家史的小故事来讲，却引发出我对新生活、新体验的探索。人类在进步，社会在前进，从传统的记忆里寻找出新的亮点，这是我对生活的向往。生活就是这样，在味道中感悟人生，寻找生活的兴趣，来支撑生活的追求。

石　殇

万物有灵，一切物体都有自己的生命、灵魂和生命周期，例如石头，也有自己的灵性。

北京西南的房山，古称万宁或奉先，房山的主要山脉是大房山，其中大石窝的汉白玉闻名遐迩，南窖村的煤炭也为人熟知。一白一黑，任何一个地区都没有如此神奇而富有。而这两种物质俗称都是石头，它们都深埋于大山之下。同是石头，而汉白玉与煤却被大自然赋予不同的灵性。

中国人不管是游玩名山大川，还是挥毫涂抹作画，或在家陈列摆设，多与石头有关。生活中，石头的基本意象是坚固，它暗示着一种永久，故而人们常用海枯石烂盟誓。

中华赏石文化历史悠久，造就出不计其数的“咏石诗”。《荀子·劝学》中有“锲而不舍，金石可镂”；北宋欧阳修曾收藏“虢州月石屏”，有史料记述该石屏：石中有月形，石紫色，月白，月中有树森然。其纹黑而枝叶老劲，虽世之工画者不能为。为此，欧阳修特赋《中秋不见月问客》诗一首：“试问玉蟾寒皎皎，何如银烛乱荧荧。不知桂魄今何在，应在吾家紫石屏。”

有时它像默默无闻的忍者，承担着古往今来的行者。在河北赵县有一座石桥，名赵州桥，始建于隋朝，这座建筑浓缩了劳动人民在石材制造上的智慧结晶，它历经风风雨雨，沧桑巨变，距今已有 1400 多年的历史。石头，有时被开凿成蹬踏的梯形，蜿蜒曲径升高直至云霄。在房山的上方山有一条云梯，是明代所建，总共 262 级，每级台阶都任劳任怨地在支撑着云踏。古往今来，不知有多少闲人雅士、佛道居士沿此石梯踏进幽深的七十二庵。

石有时也代表长寿，中国人对于长寿的东西都喜爱有加。寿山石是世界上独有的珍贵彩石，世人赞其为“天遗瑰宝”“国之珍品”。寿山石中最珍贵的品种之一是田黄石，有“一两田黄十两金”的说法，可见其品种稀有。清代黄任得了一块寿山石，心中极为得意，不仅为它题诗，还直接把诗刻在这块石头上，于是有了这首《得寿山一石朴鲁可爱镌诗其上》：“一文不值本齐东，此语方人恐未工。我亦爱他程不识，与他为寿寿山中。”房山有个石花洞，石花洞分四层，第一层有个漂亮的莲花池，开着朵朵“莲花”，有的面朝洞顶，有的低头自顾自地开放，就好似真的莲花一般；第二层是石瀑布，形似流水翻腾，由流水沉积形成，我们能观赏到的只是三分之一，其余三分之二向内延伸；第三层以石盾为主，石盾上表面光滑，下部错落有致，如帷幔一般，水平的如石桌，竖直的如镜子，让人不得不佩服造物主的巧思；第四层距地面约150米，湿度已经相当大，洞中的结晶体形态各异，针状、树枝状、颗粒状……这些结晶就是石花，石花洞也因此而得名。

中华赏石文化内涵丰富，涉及天文地理、人文历史、地质矿产、宫殿碑拓、绘画雕塑、诗词歌赋及景观园林。传说陶渊明每逢贪杯喝醉了，便蹒跚走到大石旁，然后坐卧其上，常常诗兴大发，写下了许多耐人寻味的诗篇，后来，他感到这块大石能让他文思泉涌，于是对这块大石充满了情意，便给其起名“醒石”。石头在历史上出现于各时代作品中，古代著名史学家、文学家中也不乏好石者。汉代司马迁的《史记》里有不少关于奇石的记载，其中和氏璧的故事广为流传；明代吴承恩的《西游记》以石猴出世开篇，演绎出许多曲折离奇的神话故事；清代曹雪芹的《红楼梦》也是以石头开篇，并将初稿拟名《石头记》；最值得一提的还有《聊斋志异》的作者蒲松龄，他曾写下多首咏石诗歌，记述过九十多种奇石。“遥望此石惊怪之，插青挺秀最离奇。不知何处曾相见，涧壑群言似武夷。”由此可见，这块奇石让他倾注了不少情感。

奇石、美石因其外形的抽象和空灵与中国传统审美文化的精神相契合，爱石者欣赏石头的审美标准是“瘦、透、漏、皱、丑”，也就是说石头之美在于其体态苗条、纹理贯通，要有孔贯穿上下，并且石头表面要有凹凸的褶皱，特别是丑，丑到极点也就是美到极点。

要充分领略石头的美，应从大自然的山峦开始，将山的峻峭巍峨形象融入雕琢的石材作品中，再经过文人墨客的欣赏或把玩，便形成了系统的石文化理念。欣赏是从瘦、透、漏、皱、丑的角度；把玩则是以色、泽、温、润为标准。石之生命中的丰富内涵，造就了石之伟大的形态。

菊花白传奇

中国是世界上最早酿造酒的国家之一。我国酿制的菊花酒，早在汉魏时期就已盛行。据《西京杂记》记载，汉高祖时宫中九月九日佩茱萸，食莲耳，饮菊花酒，令人长寿。由此可见，宫廷玉酿以其香醇怡人的纯美，以及益寿养生之功效而流芳。

酒与酒宴自古以来就是宫廷皇室生活中的重要部分。中国历史上嗜酒的皇帝不乏其人，因饮酒过度而丢掉皇权或误国的皇帝也为数不少。因此，清代自太祖努尔哈赤时就定制饮酒仅限三巡的制度。

其实，清太祖努尔哈赤这样规定是有原因的。当时处于创业阶段的后金时期，经济短缺，素无积储，吃饭成了最大难题。酒乃粮食精华，酿酒极浪费粮食，故而太祖严禁用粮食酿酒，并且定下了限制饮酒的严格制度。

千叟宴是清朝宫廷的大宴会，康熙五十二年（1713）农历三月，康熙皇帝玄烨六十寿诞，在畅春园举办了第一次千叟宴，宴请了为自己祝寿的老人，凡六十五岁以上年长者，官民不论，均可按时到京城参加聚会，当时赴宴者有千余人，皆是耄耋长者，社会各阶层人物皆有。据史料记载："览自秦汉以下，称帝者一百九十有三，享祚绵长，无如朕之久者。"所以康熙皇帝才决定隆重举办宏大的宴会。康熙于席上赋《千叟宴》诗一首，故此次盛宴被称为千叟宴。经档案查阅，千叟宴在清代共举行过四次，宴上饮用的都是菊花白酒。

这次千叟宴的举办，掀起了各地敬老爱老的风尚，被当时文人称为"恩隆礼洽，为万古未有之举"。

桃花魂

只要提到桃花，很多人都将它和爱情联系在一起，但它总使我想起历代文人墨客咏叹它的诗文。“何以疗晨饥，采药常盈担。种桃不计岁，面壁遗尘贪。”这是石涛在《桃花源白龙潭》里对桃树的描写。古往今来，关于桃花的诗作众多，但这些诗作中的桃花总给人一种凄切、悲凉的感觉。

又到春风惠三月，我独自登山踏青，寒风徐徐，乍暖还寒，望着满山的薄雾，领略着春寒，遐思漫步，远处的轻风里泛着粉红色，那正是灿烂如云的桃花，整整映红了半山坡。信步走去，置身于桃花源中，蓦然想起了李煜《渔父·浪花有意千里雪》的词句“浪花有意千里雪，桃花无言一队春”。

我写过不少关于桃花的文章，也喜欢唱和桃花有关的歌曲，《在那桃花盛开的地方》《桃花依旧笑春风》《故乡的桃花红，故乡的梨花白》……每曲都能让我的内心泛起涟漪。桃花是富有情感的花，它没有牡丹的绚丽和富贵，也没有蜡梅那样抗寒和坚强，更没有荷花那种出淤泥而不染的纯洁，桃花是忠义之花。

《三国演义》的第一个故事就是“桃园三结义”。桃园中，花开正盛，乌牛白马祭祀，刘备、关羽和张飞焚香跪拜，结为异姓兄弟，不求同年同月同日生，只愿同年同月同日死。清代一些会党在颇为庄重的入会仪式上，也必定会插上桃枝，举杯结义，对天盟誓，以此象征“桃园结义”。梁启超在《论小说与群治之关系》中便谈到：“今我国民绿林豪杰，遍地皆是，日日有桃园之拜……”渐渐地，桃花就演变成“忠义”的标志。

泥土的情怀

我想，我或许是一只燕子，虽然没有华丽的翅膀，却怀着一片真情，等待春天到来，飞回我眷恋的故乡，因为故乡的泥土里有我的根，我一踩上那片泥土就像是回到了慈母身边，感到温馨和亲切。

在故乡的泥土上，在对未来的美好憧憬中，我快乐地度过了童年和少年时代。后来，为了寻找出路，还来不及思考生活，便背井离乡，来到了北京，算起来已经有三十多年了。越是远离久别，越会有浓浓的思乡情，有时如涓涓细流延绵不绝，有时似滔滔大江浪花奔腾。不分春夏秋冬，不管季节变换，乡情始终播种在我心间那片故乡的泥土上，扎根、发芽、长叶、开花、结果。

记得在故乡，每年的清明时节都同家族成员一起扫墓，那时我很小，跟在大人后边小跑，总怕自己被落在后边。祖先们曾把血和汗洒在这片土地上，死后又把他们的肉体融在这片土里，用生命回报大地母亲，没有一丝保留。

清明时节正是春意浓郁的时节，惠风和畅，万物复苏，布谷鸟准时无误地发出“布谷、布谷”的信号，像是在唤醒春天的土地、河流、花草、树木，更像催促人们趁大好春光耕耘播种。

不知从哪里飞来两只燕子，它们在院内飞来飞去，像在勘察地形，选一个安全、通风、不漏雨的地方筑巢搭窝。它们每天都衔来一些泥土，用唾液润湿，一点一点地筑巢。我总会情不自禁地仰起头来看看工程的进展。一天，再看时发现燕窝的口处露出几只小脑袋，叽叽喳喳地叫个不停，燕子将捉来的小虫一口一口地喂给每一只雏燕，犹如我们人类的母亲养育孩子一般。自从它们在这儿安家，每年春天都如期回来，而我也总盼望着它们回来，像等待出远门的亲人一样。

故乡不仅把泥土奉献给燕子，还给它们提供了五谷杂粮和遮风避雨的砖瓦土墙以及有花、有草、有树的宜居环境。童年时，泥土还是我做玩具的天然材料，同小伙伴用泥土脱模子、捏动物。当然我最爱玩的是摔响巴，就是把胶泥捏成圆形的碗，底子薄一些但不能透，托在手掌高高地举起，然后瞬间翻过来摔在地上，碗底爆开大洞，发出啪啪的响声。谁的响巴摔得响，谁便可用对方的胶泥来补洞，以此来赢得越来越多的胶泥。故乡的泥土是那么神奇！

白　菜

白菜属十字花科蔬菜，古人称“菘”，在北方有悠久的种植史。过去，到了冬季，天寒地冻，百叶凋零，大白菜则成为主要蔬菜。北方冬季的大白菜，一棵白菜重十余斤，叶叶紧裹，可炒、烩、汆、烧，被誉为“菜中王”。

二十世纪七八十年代过冬时，白菜从收获、运输到储藏就像场全民运动，初冬到来，到小寒季节，就会出现一场壮观的白菜大运动。初冬，北京周边大地一片繁忙，遍地是存储大白菜的场景。工厂、街道、医院、机关，各个地方都在采购白菜；人们用自行车驮、三轮车拉、手推车推，将大白菜运回家；满院子，满窗台，满楼道，堆的到处是白菜。有了白菜，每个人脸上都洋溢着喜悦和踏实。

那时北京没有大批储藏白菜的地方，更没有像今天一样的专业蔬菜市场。没有办法，人们就在上冻前，一次性买够一冬天吃的大白菜，然后储存起来，连带点土豆、萝卜，配上自制的西红柿酱（西红柿切成块蒸熟罐装冷藏而成），腌制的雪里蕻、萝卜缨等，便是过冬的主要蔬菜，可以一直吃到开春有新菜下来的时候。

在今天看来，你以为这是对付？错了，是享受！说真的，北方的白菜要比南方的好吃多了。每到秋末冬初，白菜经过霜打后，味道开始变甜，所以有“京白菜，甜似蜜”的说法。有诗为证，唐代诗人刘禹锡诗云：“只恐鸣驺催上道，不容待得晚菘尝。”他把未能吃到晚秋的白菜当作一种遗憾。苏东坡有诗云：“白菘类羔豚，冒土出蹯掌。”他把大白菜比作小羊小猪和熊掌。

储存大白菜是非常有讲究的，冷了会冻，热了会烂，所以要想大白菜能长时间储存，有窖藏和储藏两种。窖藏是在宽敞的地上挖一个大洞，深度5~10米，口小肚大，竖一把梯子下去，先刷白石灰水消毒，晒干后在小雪节气前将晒干表面水分的大白菜入窖。入窖后冬天要翻腾两三次，以确保它不腐烂。储藏更有讲究，新白菜得在太阳下晒，除除水汽，然后拿报纸裹上，再用绳子扎起来，放在干燥、阴凉、通风的屋子里，垒成白菜垛，头向外，根向里，上面再盖上报纸、草帘子和棉被，每隔个把月还得重新翻腾一遍，除除水汽。

北方人吃白菜有上百种吃法，一棵十来斤的大白菜，瓷瓷实实，从里到外层层都有吃法。先说最外层的老菜帮，年轻人可能没见过这种吃法。记得小时候，母亲会把老菜帮腌成咸菜或酸菜，吃的时候放上点香油，吃起来又香又脆。腌咸菜也非常有讲究，要最干最老的菜帮。母亲用家乡最传统的腌制方法，先把干白菜码放在盆里，用烧开放凉的水泡上，再放入花椒、盐、生姜、辣椒，最后再把盆盖上密封好，腌制个三四天便可食用。此外，白菜帮还可以剁碎了做饺子、包子馅儿。小时候家里穷，没钱买肉，就把白菜帮跟油渣放到一起，用酱拌成馅儿。热腾腾的端上来，不管是饺子还是包子都是美味的大餐。

剥去老帮露出新嫩部分，叶是极好的，可炖、可炒、可熘。白菜刀工可分块、片、横丝、竖丝，块用来炖肉，片用来醋熘，横丝用来爆炒，竖丝可凉拌。醋熘白菜，熬白菜，炖白菜，把白菜切碎了连同葱、姜炝锅下面条，都是最家常的做法。冬季还可将白菜掰成大片儿涮火锅。怎么吃都热乎。

白菜心是不可多得的美味，可用海蜇或虾仁凉拌，开胃可口。

白菜头更是个好东西。寒冷的冬天，将吃剩下的白菜头放在碗里，加入凉水，过不了几天白菜头就会发芽长叶，开满小黄花，一片春意盎然。

我想艺术家对白菜也有一种特殊的情感，齐白石就爱画白菜，他画的白菜惟妙惟肖，笔墨中流露出他对白菜的钟爱。特别是他画的白菜心开出的花，给人一种从生活意境一下升华到艺术意境的感觉。

岁寒三友话情怀

天寒地冻，花儿凋零，草儿枯萎，树干也秃了。值此岁寒之际，我捧读了古人及现代诗人对岁寒三友——松、竹、梅的赞扬诗词。

松树属于针叶树，针叶整个冬天都长在树上，常年保持绿色。因此，我们叫松树为“常青树”。唐朝王维的《山居秋暝》中：“空山新雨后，天气晚来秋。明月松间照，清泉石上流。”而现代诗人、政治家、军事家陈毅元帅则作诗云：“大雪压青松，青松挺且直。要知松高洁，待到雪化时。”一位久经沙场的老元帅，将临危不惧、敢于承担的英雄气概表现到了极致，使人感受到青松直挺，更体会到老一辈无产阶级革命家和共产党人的追求所在。

竹子多长于南方，有观音竹、凤尾竹、龟背竹、紫竹、楠竹、斑竹等数百个品种。古人苏轼很喜欢竹子，宁肯不吃肉也要有竹子陪伴，留下了“无肉令人瘦，无竹令人俗。人瘦尚可肥，士俗不可医。旁人笑此言，似高还似痴”的名句，批判了物欲俗骨，也歌颂了风雅高洁。建党元老董必武晚年在病榻上望见窗外的竹子，曾赋诗一首：“竹叶青青不肯黄，枝条楚楚耐严霜。昭苏万物春风里，更有笋尖出土忙。”老革命用真切的语句表达出内心的刚毅，更有把希望寄托在新一代人身上的深层含义。

梅花是一种极为平凡的植物，盛开在严寒时节，面对风号雪舞，不畏不惧。梅花作为历代文人吟诵的植物形象大使，常出现在一些傲骨厌俗的诗词中，特别是一些品格正直的诗词作者，往往会借梅花抒发自己内心的情感。宋代诗人王安石诗云：“墙角数枝梅，凌寒独自开。遥知不是雪，为有暗香来。”把梅花不与世俗同流合污的性格表现到了极致。然而，古代诗人的咏梅诗词往往有愤世嫉俗、怀才不遇之感，咏诵起来不够广阔。陈毅也有一首咏梅五绝：“隆冬到来时，百花迹已绝。红梅不屈服，树树立风雪。”但最佳的还是毛泽东那首气势磅礴的《卜算子·咏梅》，将革命者面对困难坚强不屈的情操表现得淋漓尽致，因此广为传颂。大文豪郭沫若读到毛泽东的咏梅词时很有触动，有感而发，便结合自己的理解翻译成了一首简洁明了、朗朗上口的现代诗。而且后来也写了一首《卜算子·咏梅》：“曩见梅花愁，今见梅花笑。本有东风孕满怀，春伴梅花到。风雨任疯狂，冰雪随骄傲。万紫千红结队来，遍地吹军号。”词作画面感极强：革命大军结队而至，吹响了进军的号角。勉励华罗庚等科学家在毛泽东思想的润泽下，去迎接万紫千红的科学的春天。

反复咏读赞颂岁寒三友的诗词篇章，感触多多，既是莫大的享受，也是鼓励，今写此文愿与诸君共勉。

秋寒里的落叶

黄昏，我独自散步在小花园，西边的山头只剩下一抹红色的晚霞，余晖竭尽全力地挽留着夕阳。远处层层山峦，飘洒的薄雾使纵横的山影流露出一派峥嵘景象。天边赤色的火烧云，给充满诗意的深秋黄昏增添了更为灵动的色彩。

我在一面爬满藤叶的墙下驻足，叶子在秋风里一片片地落下，铺满了这条窄窄的小路。四周静悄悄的，徐徐的风会一阵阵地猛烈起来，无情地抽打着那由绿变黄的叶子，仿佛拨弄着我的心弦。无法形容心底到底是什么感觉，只觉得世间万物大致如此，由产生到发展到鼎盛，再到衰老至死亡是很正常的现象。我没有像有的人那样看到黄叶飘飞而哀叹，但想到自身已年过半百，无情的岁月摧残了黑发，白发已经滋生在鬓角，历经时光的洗涤，满脸留下了深深的皱褶，心里不时生起些许沧桑之感。

又一片叶子落下，我弯腰拾起，拿在手里把玩，不由得想起年少时夹在书里的那片红叶，它最大的作用是纪念青春岁月里的那段校园情感。事情已经过去 30 多年了，那片深秋的红叶依然夹在书中。

人不过是这大千世界的匆匆过客，既然来了，就应该留下点什么，至少证明自己来过。也许是满堂的儿孙，传承着你的血脉；也许是一座高大的建筑，彰显出你辛勤一生的功绩；也许是一部作品，让现实生活留下痕迹……所以我没有对人生的意义感到迷茫，也不需有不必要的忧郁。

叶子落了一片又一片，起风了，叶子在风的包围中旋转了起来，它是在与狂风搏斗。

捡起它，审视它，就像品味现实生活一样，体味出人生的意义和价值。生活本来是绚丽多彩的，有欢乐，有痛苦，有挫折，有幸运与不幸，只要敢于拼搏，向生活挑战，那么你想要的幸福就会来到你身边。

捡起那片落叶的同时，也捡起了我对人生意义的答案，虽然有些缥缈，甚至有些费解，但万物复苏的春天，就在眼前。

西　瓜

北京南郊是大兴县，现在叫大兴区。二十年前回老家经常路过此地，那是我沿途的必经之路，走得多了便对那里产生了情感。尤其是大兴庞各庄的西瓜，印象更为深刻。

喜欢吃西瓜是因为西瓜有那种咬下去清凉爽润的感觉，宋代爱国诗人文天祥的《西瓜吟》里便有："下咽顿除烟火气，入齿便作冰雪声。"夏天到，许多水果纷纷上市，消暑解渴的西瓜早早登上了水果架，又大又圆，碧绿碧绿的外皮上镶嵌着多条深绿色的条纹，仿佛穿上了一件花衣裳。用手摸它，表皮光滑细腻，轻轻地用手指一弹，清脆的响声里带着沙沙的声音，听瓜农说："这才叫熟透了。"

据瓜农介绍，西瓜是古代从西域传来的，故名"西瓜"。另一说法是源于神农尝百草的传说，原名叫"稀瓜"，意思是水多肉稀的瓜。究竟来自哪里，我并未详细考证。

西瓜虽然算不上水果中的稀罕物，可它在夏令时节却非常重要。不论是豪华饭店，还是普通饭馆；不论亲朋聚会，还是居家过日子，餐后几乎都会切上一盘西瓜让人清口。

常言：“种瓜得瓜，种豆得豆。”当然，种什么结什么这是真理，虽然现在时兴改良嫁接，但嫁接品种的西瓜和土生土长的西瓜那淳朴的口感总不能比。母亲在老家的沙土地种植过西瓜，西瓜口感特别甜。

说起种瓜可没有想象中那么简单，而且不勤快的人种不了，不懂技术的人种不了。要想种就得请瓜把式，也就是所谓的技术员。首先选用土层深厚，土质疏松，并且肥沃、排灌方便的沙质土壤；其次整地施肥，冬前瓜田深耕冻垡，移栽前适时整地，瓜田要三沟配套，做到雨止田干、土松墒面平，基肥以优质有机肥为主、无机肥为辅。西瓜要想成熟早，还要盖膜、盘秧、剪枝。为保证坐瓜大，长得快，还要经常施无机肥和浇水。早熟的西瓜在麦收前就可以上市，那时西瓜圆溜溜的像个大篮球。俗话说“瓜熟蒂落”，首先要看蒂，卷曲的比直的甜；其次看花纹，清晰的比模糊的甜。切开西瓜，只要凑近它就会有阵阵瓜香扑鼻而来。吃上一口，甜滋滋，凉丝丝，滋润了喉咙，流进了心田。

西瓜不仅好吃，还有许多药用价值，西瓜汁俗称“天然白虎汤”，夏天吃可以解暑利尿，有助于人体把废物排出体外，但感冒了不宜食用。西瓜皮还可以做菜，所以水果里我最钟爱西瓜。

我的童年是在一间老屋度过的，夏天炎热，太阳很毒，闷、渴、心躁。进屋看到母亲坐靠在炕上，眯着眼，酣甜地打盹，手里的蒲扇却在不停地摇动，墙上的老挂钟也在不停地摆动，门外树上时不时传来知了的叫声，老屋里扑面而来的霉味里带着阴凉……回忆总会让人产生幻觉，时间变得黏稠，鼾声、钟声、蝉声和摇动的蒲扇，懒散地搅动着时间，感觉世界变得狭小，人显得慵懒。捧一块西瓜啃起来，籽都不吐，狼吞虎咽地吃下，然后在母亲的“威逼”下，我会很不情愿地午睡，一觉醒来，神清气爽。小时候，我最讨厌午睡，总想着出去玩耍，捕知了，扦蛤蟆，在河里洗澡……母亲总怕有意外。

瓜是有季节的。家乡有瓜秋，到了瓜秋，甜瓜、西瓜……按顺序采摘，瓜农把摘来的瓜大车小车成筐成堆地码放在集市上叫卖。母亲带着我在集市上询价、选瓜，付钱后抱西瓜回家是我的事。

后来，我在北京工作，再也没有陪母亲上街买过西瓜，但每年瓜季会在大兴的庞各庄瓜市买上几个给母亲送去。这时，母亲已老了，总说买得太多，瓜太大，吃不了，浪费。

西瓜的一生与人生没有什么两样，但西瓜的甜来自浓郁的瓜汁，而人生的甜来自内心，甜久了就是幸福。

秋之三色

不知不觉，秋天到了。虽然气温还如夏天般热，那也是午时的事儿。最大的变化是色彩更加丰富，片片的叶子从绿到黄，从黄到红，最后在秋风的摧残下不情愿地飘落。那些叶子往往会在空中打着旋儿，画着优美的弧线，悠悠荡荡地落在地上，看上去像极了一只只蝴蝶。

初秋是金色的，金黄的玉米挂满农家院的院墙，金黄的谷穗堆在院中央，窗前的柿子树叶落后只剩下金黄的柿子，如同一个个小灯笼。树叶飘零在丹桂飘香的季节，身上自然就携带了那沁人心脾的桂花香味；树叶飘零在果树成熟的季节，身上自然染透了果实的香味。

一叶落而知天下秋，万叶飘落方知秋尽，“自古逢秋悲寂寥”，秋风秋雨搜刮着悲凉的景色，“秋风秋雨愁煞人”，惆怅的内心不由自主地伤感起来。“悲”字是古人识得秋天的第一滋味，当秋风吹落片片黄叶，干枯的树枝，衰败的枯草，萧瑟的秋风，凄凉的景象，让人酸楚，难以回避失落的心情……

中秋是红色的，这个时节正值秋忙，地里庄稼收了多半，只剩下大片大片的高粱，红似火炬，高高地举起，映红了晚霞。彩云倒映在故乡的水中，那片红便成了印在心中的彩虹。中秋前后是新中国的生日，每逢此时祖国宛如红色的海洋，鲜艳的五星红旗，高高地飘扬在祖国的上空，覆盖着我深爱的这片土地。中秋是红色的，时代让红色记忆融入血液，因为我们的心是红的，血是红的，我们祖国的国旗也是红色的。我带一颗朴实的红心来回报我深爱的祖国。盛秋的故乡红叶也如期而至，秋风不知今夜红，便有红叶正红时。

深秋是白色的，秋风像把无情的刀，刮尽由绿变黄、由黄变红的叶子，不然怎么会有“伤愁”之说。大片大片的落叶触动内心的空虚，光秃秃的大地裸露在人们面前。

深秋的月光加入了寒气，冷得让人发抖。早晨的一地白霜，如云如薄雾，这片片洁白让我有了新的期盼，那就是久别了一年的雪。

雪

我有看电视的习惯，主要是看《新闻联播》，以了解天下大事；其次是看《天气预报》，方便自知冷暖。沉闷的心情使我早晨难以再眯上一刻，听《天气预报》说今日山区有中雪，于是，我便驾车行驶在阴沉的天空下，在寒风中向山区驶去。

这冰冷的天空，雪，在邀约，在集结。它们商量好要在今天出发，给人类带来纯洁。

车子在盘旋的山路上行驶，远处连绵不断的山峦与山上的雪已隐隐可见。山大多呈现褐色、绿色、青色，中间点缀着白色，山间云雾缭绕，一座座山，一片片树林，都在银装素裹中，给人一种奇幻的感觉。元代黄公望在看了李成的《寒林平野图》后，题诗说：“林影有风摧落叶，涧声无雨咽清流。寒驴骚客吟成未，万壑寒云为尔留。”而眼前的林影中只有雪花落在冰冷的峭壁上，抒情软语也早已凝成晶莹的冰凌。李白在《北风行》中这样描述：“燕山雪花大如席，片片吹落轩辕台。”层层雪花让山中的寺庙更显其层次感，让我这信徒感觉到更加神圣。

车子在山路慢慢前行，转了一道弯便见到了村庄。两旁的房顶上白茫茫的，两旁的树木也是银装素裹。细枝上结了薄薄的冰，晶莹地散着光，弯弯曲曲的枝杈错落别致地组合起来，像极了水下的珊瑚宫殿。凛冽的寒风摇动树枝，大树在摇摆中抖落身上的积雪，白雪压地，不见寸土，的确是一个绝无纤尘的世界。

我把车停下来，想更亲密地与大自然亲近。在这冰清玉洁的世界里，我忘记了年龄，和这里的人一起堆起了雪人，打起了雪仗。孩子们不畏严寒，用冻红了的双手在地上挖雪，做成一个个圆滚滚的雪球；大人们也找回了失去多年的童真，像孩子一样，在雪地里追逐嬉戏。

雪，唤醒了我的童趣，敲开了我的心窗。深深吸上一口凉气，感觉到清新，我仰起头看着天空，它像烟一样轻盈，像玉一样晶莹，从天空飘飘扬扬落下，亲吻着你我，亲吻着大地。

雪以素洁之躯，玲珑之心，把大地创造成一脉脉冰肌玉骨，它以凛凛正气为伴，犹如武士挥戈在冰冻的疆场。

雪，给人间带来了美的感受，给人们带来了无限欢乐。看哪！那叼着烟斗的大雪人，多滑稽！人们脖子上的条纹围脖，多潇洒！那披着银衫的雪松，多清美！

纯洁的雪花，我把你捧在手里，收藏，使你的灵魂不再在寒冬里流浪。车行一路，雪一路浩荡随行，它略带几分妩媚，播散着丰年的信息。

辑五　那人，那事

人过中年，家乡的人与事，吸引着我，召唤着我。梦里浮现出宽广的原野、起伏的山峦、茂密的丛林、大片的青纱帐……

往往在静下心后，才能在回忆中寻找到那差点被遗忘的陈年旧事，脑海中如同放映影片一般，终是挽回了那没完没了的天真幻想……

说书人

说书在媒体不发达的年代是人们喜闻乐见的娱乐形式，也是田间炕头的民间艺术。说书分长书和短书，长书一般是长篇大书，多由历史长篇巨著加以演绎，基本是从秋后农闲时开始，每天连续说，一口气说到年关底；短书则是以编小段的娱乐形式，逗人一笑。

秋后冬夏，闲下来的人会请说书人到农舍或家中说书，一把三弦，一把鼓键，两块鼓板，主要演出剧目为广为流传的《杨家将》《呼家将》和其他民间故事、通俗小说、神话故事、民间笑话等，表演形式半说半唱，情节曲折，言语生动。

我喜欢这说唱艺术是有渊源的，本家有一叔叔便是说书人，名叫吴宝彦，人送外号“章圈”，平时说话有些口吃，但说书时从不卡壳，而且胸有成竹，滔滔不绝，所以大家便用“文章”的“章”，“圆圈”的“圈”称他，意思是肚子里有长篇的文章。自幼听章圈叔练习大鼓，听多了，看惯了，自然熟悉了点韵味。章圈叔练口时总是《玲珑塔》，鼓键一响，三弦奏起，清脆悦耳的弦音从房前传到屋后，我在家再也坐不住，跑到前院章圈叔家听他练习。那时候听不清楚他唱的是什么，但能看出他的表情里带有喜怒哀乐，后来我离开了故乡在外求学，只在放假时偶然间见过章圈叔几次，却听了不少他演出的故事。

章圈叔与一个邻村盲人搭伙，一个是说书掌板人，一个是弹弦子的伴奏人。农闲时，俩人行走在大清河两岸的十八岗，一般在农村演唱一场能挣个块儿八毛的，一天赶两场收入要高一些。头天上午在某村演出一场，人多喝彩声多，章圈叔高兴，就返场多说了两段。表演结束场外已是鹅毛大雪盖住了天地，道路难识。可早答应的下场演出要走十来里路，那时走夜路就一只手提灯，如此大的雪，还要挽着一位盲人琴师。路途艰难，但章圈叔毅然决然地扶着盲人琴师走在覆盖着白茫茫大雪的路上。

厚厚的雪地上留下了两串深深的脚印。他知道，救场如救火，观众也许在等待着。说书人常留下一句话：“要知战势如何？且听下回分解。”听书人多对下回书有无数猜测，往往为了下回书，吃不好，睡不着，更有好事者为下回书争执不休。所以了解了听书人所想，也就了解了章圈叔所想。他并不是为了那块儿八毛钱，他只是在履行艺人的诚信和品德。

天越来越黑，风越来越大，雪越下越厚，路越来越难走。两位说书人在白茫茫的天地间，如同两叶扁舟漂泊在浩瀚的大海，在浪的推动下慢慢地移动。终于见到村庄的灯光了，终于看见要演出的房子了，房子里传来七嘴八舌的声音，有人肯定地说：“来不了了。”也有人说：“肯定会来。”……

当章圈叔和琴师站在大家面前时，大家激动了，沸腾了：下回分解的书文马上要接着上回书分解了！这就是听书人的盼望，说书人的心愿。

说书人不易，一场惊险，一场生死离别，都从说书人的嘴里表演出来。每次演出完，章圈叔都要多分些钱给琴师。琴师是残疾人，家有老母，媳妇死得早，还有两个幼儿，章圈叔不但帮琴师下地干活，挑水担柴，还会经常送些米面。琴师对章圈叔也非常好，听说章圈叔的媳妇还是琴师帮说的。

后来电视普及了，听书的人少了，章圈叔也老了，没有人再请说书人了。他天天除自娱自乐就喜欢喝酒消愁，但酒喝多了是要伤身的。一次，父亲来信说："你章圈叔走了，是喝酒伤肝去世的。"从此，村里再没有说书人的身影，更听不到那鼓架琴弦的声音了。

写下这篇小文是对乡村艺人的回忆，更是我对章圈叔的回忆。每次回老家都要去问候前院的章圈婶和他们的女儿，如今女儿也早已成家，把章圈婶照顾得也非常好，这是我最大的欣慰。

说书人走了，每当我听到家乡的西河大鼓，便会想起说书人章圈叔。

北京人

我六七岁就经常随太爷爷来北京城，并久居珠市口大栅栏，勉强算得上是半个北京人。大栅栏是老北京普通居民的常住地，离天桥不远，和前门相连，离金鱼池也不远。每年冬季，太爷爷都要来北京猫冬，二爷家有太爷爷居住的房屋，带我自然方便了许多。

小时候，印象中的北京除了面目狰狞、露着獠牙的门兽，再有就是凌空的飞檐彩绘。北京城中心就是紫禁城，昔日帝王梦已成镜花水月，但它所缊含的老北京文化，依然在红墙外胡同里的四合院中流传着。

太爷爷有喝早茶的习惯，早晨起得很早，洗漱完后就要吃早点。清楚记得天桥大街路西的庆丰包子铺，在那里买包子和炒肝或豆汁，在方桌旁的长凳上坐好，等着服务员端来。第一次喝豆汁还真难以下咽，但喝的时间长了，那股味儿却成了老北京人固有的味道。太爷爷告诉我，喝炒肝是非常有讲究的，要有样，热的炒肝不能用勺，只能一手托碗底转圈喝，说这样喝不烫，也能使炒肝的淀粉与大肠、肝不分离。早点过后就遛弯，沿大街向前门方向走去。

鸽子盘旋在古老城市的上空，街两边的商铺门面还没开门，上班族急匆匆地穿梭在古老的石板路上。太爷爷和我讲的最多的是珠市口的清华池和西边的丰泽园，每每走过，都会勾起太爷爷的记忆。

北京人爱喝茉莉花茶，那时的北京城里只有张一元茶庄的高碎和功德林的素斋。普通市民喝不起高档的茶叶，只能买高碎，从小喝惯了，至今依然好这口。人能改变的是思想，但口味就像被注入血液一样很难改变。

小时候总对人说："我去过北京，去过天安门，看到过天安门城楼上的毛主席像……"这让小伙伴们很是羡慕。在二十世纪六七十年代，来北京城的人很少，我在同龄的孩子里算是幸运的。

少年时也经常来北京，特别是学会骑自行车以后，跟着父亲常来。每次放假都来帮父亲做木工活，而且一住就是个把月，喜欢漫步在北京的胡同里，看着青砖、磨砖对缝垒砌的高墙大院，看着雕刻细致的垂花门楼，看着门前石雕抱鼓与蹲伏的石狮子，听着头顶上一阵一阵的鸽哨，熟悉了每条有意思的街道和胡同。

相较而言，北京人在待人接物的时候，总是客客气气，说话总是“您”“您”的；请人帮忙，也会说“劳驾”或“劳驾您了”或“劳您大驾”。不知是不是受皇家“起驾”的影响。

北京人还有一个别称——北京大爷，北京人喜好闲散游逛，善把玩，天生认死理儿，一股倔劲儿天不怕地不怕。若你走在街头巷尾胡同口，看见修鞋的、摇煤球的、卖菜的小买卖人，多是上了岁数的老年人。年轻人反而对一些精工细作的工艺品有兴趣，如流传的非物质文化遗产里的景泰蓝、内画鼻烟壶、京绣、绢人等，可能是受京城文化熏陶的原因吧！

北京人对吃很有讲究。满汉全席那是大排场，小吃才是北京特色。老北京美食当属全聚德的烤鸭、东来顺的涮羊肉、六必居的酱菜、正明斋的糕点。但胡同里的平民百姓更偏爱豆汁、焦圈、咸菜、炒肝、卤煮、火烧、炸酱面。豆汁是老北京人普遍爱喝的，一股酸臭味儿，像一碗泔水，但老北京人愿意喝，越喝越上瘾，据说它是古老传承的菌类饮料，对身体非常有益。卤煮火烧，也是老北京人的最爱，要一锅底两个火烧，锅底里面有大肠、肺头与浓酱汤，加点蒜泥、韭菜花、腐乳，再喝上一杯二锅头，既解饱又解馋，真是经济实惠的上等佳品。然而这些是上不了大堂的，只有在街头小店才有这样的佳肴。

仿膳就不一样，在北京北海公园北岸有一家老字号宫廷菜饭店，仿照清宫的御膳烹制菜品，据说创始人曾是清宫厨工。仿膳中有名的小吃有豌豆黄、肉末烧饼、抓炒虾仁、鳝糊丝等。美食的美不仅在于味道美，还要有菜形美、器皿美，杯、碟、碗、筷都十分讲究。

北京人的服饰也有着自己的风格，行走在大街上，穿一身整洁西装、洁白汗衫的，一看就知道是领导干部。真正胡同里的老北京人，夏天是裤衩儿、背心，趿拉着懒汉鞋，左手摇着大蒲扇，嘴里哼唱着京腔京韵的京剧，右手提着鸟笼；冬天穿宽松的大衣、大棉裤。如今，受西方国家影响，少男少女们紧随潮流，国外的流行时装在北京街头也经常出现。

我们全家已落户北京多年，没有了他乡异客逛北京的感觉。也许是从小就常来的缘故吧，我总称自己是老北京人。千余年的历史和文化积淀了北京人的生活习惯，使北京人形成了特有的人文品格，也就是“北京性格”。

胡同市井的叫卖声和盘旋在宫殿上空的鸽哨声响起，胡同和四合院里依然讲述着北京人的故事……

田大栓

“爆竹一声除旧岁”，过年放鞭炮原是为喜庆，可放鞭炮产生的烟尘和纸屑都会造成环境污染，更可怕的是鞭炮生产、储存、销售过程中的隐患。

在家乡，熟悉的小伙伴和姨家表弟都曾深受其害，表弟的手至今还留有不可磨灭的伤痕。

秋收完毕，农村人有猫冬的习俗，或打打麻将、玩玩扑克，或带上工具找些手艺活，为家庭增加收入。其中有一部分人会做传统的鞭炮，便做了鞭炮到年节时拿到集市上卖。

要说老家鞭炮做得最好的就数村东老田家田大栓，据说田大栓的太爷爷是火药器的配药师。田大栓配制的火药，劲大，爆炸力强，每到老家双堂闹焰火会，田大栓都是主配药师。

腊月二十八是双堂镇的大集，这是年前最后的集日，赶集的人特别多，集市上也特别热闹，而最热闹的地方要数炮市，此起彼伏的鞭炮声，卖炮人吵架似的叫卖声，熙熙攘攘的嘈杂声，混在一起，响成一片。

“哎——咱炮是好炮，五角钱一挂，一元两挂，五十头、一百头的都有。

“哎——真金不怕火炼，好货不怕试验，快来买呀!”

炮市西头一个洪亮的嗓音把整个炮市镇住了，“哎——咱炮是电光炮，响不响你问问炮！电光炮，放电光，白天赛过大太阳，黑夜明过圆月亮，照得院里亮堂堂，迎新年，新气象，炮响过年喜洋洋……胆小的捂上耳朵，害怕的离远点，怕贵千万别买，放啦!”一挂一百头的鞭炮噼里啪啦响起来，亮光闪烁，四处弥漫着硝烟的味道。炮声一停，人们哈哈笑着，潮水一样向那里涌去。那里停放着一辆拖拉机，后面的拖斗里装满了各色各样的花炮，上面罩着棉被，站在拖斗里的俩人，一人接钱，一人交货，忙得不可开交。那位年轻的叫卖者，高高地站在拖拉机的驾驶座上，手拿一根竹竿，竹竿上挑着一挂花花绿绿的鞭炮，看见生意兴隆，得意地笑着。

他放了一挂又一挂，吆喝完一套又一套，那嗓音像锣响。不一会儿，脸上的汗水和硝烟的黑灰混合在一起，成了一个大花脸，那些无心买炮的也被吸引过来看热闹，望着他那作怪的傻样子，一个个笑得前仰后合。

当时，这位年轻的叫卖者只有二十多岁，瘦伶伶的，小平头，干净利落，一双机敏的眼睛观看着四周的人群。他就是老田家的田大栓。

他家住村东边，父亲叫田宝珠，人称老田头，是村里的学问人，讲得一口《三国演义》，更是十里八乡配制炮药的好把式。过去生孩子不好活，田宝珠家的前两胎都因病去世，第三胎生下后，为了能留住，田宝珠为孩子取名叫“大栓”。

大栓是一个痴情的汉子。田家当年在村里也算是书香之家，大栓长得精神，村里上门提亲的自然很多。也不知道大栓哪来的一股倔强劲儿，说一个不行，再说一个也不行。眼看大栓二十八九了，还没有订婚，田宝珠虽然着急但又左右不了儿子。一年春节，田宝珠给自家门口写了一副这样的对联，上联是“庄稼歉收年年种”，下联是“媳妇不娶天天相”，横批“婚姻自主”。有一天，又有人上门说亲了，这次和以往不一样，来人是田宝珠的干闺女张秀芹，她要给干哥哥说媒，这可把老田头高兴坏了，他抿嘴偷偷笑，心想这次准成。可怎么也没想到大栓还是不愿意，一个劲儿地摇头。这下老田头可真急了，死活要问出个究竟，便让大栓的母亲问儿子为什么不愿意谈对象。大栓回答说：“我想娶我干妹妹。”一句话让田家像炸了锅一样。

秀芹是因为小时候没奶吃被寄养在了老田家，那时大栓也只比秀芹大八个月，后来两个孩子一起玩着长大，直到八岁时邻村老张家才把女儿接回去。因为是在老田家长大，所以秀芹总会跑回来玩耍，老田家对秀芹也特别喜欢，便把她认做了干女儿。后来，孩子们渐渐长大，秀芹就像走亲戚一样时常回来，有活干活，没活就帮着田大娘做饭。老田家就像对亲闺女一样对待秀芹，老田头夸闺女的话更是时常挂在嘴边。后来，鞭炮成了老田家发家致富的法宝，每年入冬，老田家就开始忙活，自己的干闺女也就成了好帮手。

大栓和秀芹在一起干活，日子久了，大栓对秀芹产生了爱意，有多少次在送秀芹回去的路上，大栓想要表白爱意，话到嘴边又咽下。有这层干兄妹关系，他只能将这份爱慕之情搁在心底。由于心里装着秀芹，大栓推掉了一次次的相亲。大栓的爱埋藏在心里多年，要不是这次秀芹来提亲，他也不会敞开心扉。然而，话一出口就像点燃了炸弹一样，老田头怒不可遏，认为这是门风不正，道德败坏，更是书香门第的不雅之举。他坚决不同意儿子和秀芹的事，并转告秀芹的父亲赶快找个好人家把女儿给嫁了，以后都不要再踏进老田家的门。从此老田家和干闺女也就断了这门干亲。

事已至此，大栓爱情的火焰熄灭了，任何人在他面前都不能提女人的事，如提，他就像疯狗一样发飙。就这样再没人上门提亲，如今大栓已是五十多岁的人了，身体依然健壮，黑红的脸上依旧神采奕奕，但爱情的火焰始终没能复燃。父母已先后离世，他也早已习惯单身的生活。

由于生产安全和环保问题，他家的鞭炮制作在十年前就已经停止了，但他家制作烟花爆竹的工艺成了省级非物质文化遗产。

匠人言线

拜读方言先生（孙海潮）《梓匠轮舆》有所感动。本人因家父是木匠，故见惯了木雕狮子形墨斗，一头雄狮卧于斗前，后装墨车滑轮，添墨汁于墨车的海绵之中，拉线弹黑于木料上，为量尺定线而用。观之为艺术品，用之乃工具。

线是方向，是尺度。读《营造法式》知土木工程要在开工前放线。放线前，工匠们要坐在一起商议工程的尺寸和设计方案，及施工中各项工作的连接，俗称交圈或交底会。交流好尺寸和工程的操作流程，各工匠掌门人要烧香叩拜鲁班祖师爷，并共进大席，席间要交流工程项目的各项事宜。

家父在世时经常讲：石匠为老大。石匠所用之线为红线，因施工基础为石料，用朱砂红线，一是可避邪，二是可清楚地辨认。石匠用线俗称“放线”，用时将线上沾上朱砂粉，短头一拉，在石料上轻轻一弹，用完将线缠绕在料包上。

木匠所用之线为黑线，前文所提墨斗就是木匠所用。匠人言，过去修建宫殿房屋都是先打木架，也就是我们常说的四梁八柱，木匠要先将柱立在石匠搭建的台基上，才有四梁。在制作木架时要用粗大的圆木，制作成圆度一致的梁柱，为了便于锯直，木匠要用墨斗放线，用手指弹拨，所以木匠用线叫“弹线”。

瓦匠常用的线俗称挂线，挂线用的是白线。墙体分里线和外线，白线是根据墙体长度，由瓦匠掌舵人升线或降线，墙砌得直与不直的标准就是白线。现代砌墙已用砂浆，而墙体依然用白线来把持标准。

墙主体完工后，就是装修，装修用的是金线，金线是用粉色石饼所做，装修人员用粉色石饼画线来装修内部。古建筑油漆完后要走金线，特别是檐前檩条要漆彩绘，也称和玺彩绘，彩绘有大式营造和小式作法之分。大式营造的主要建筑以宫殿为主，古建彩绘中的苏画绘制，主要线条用金量极大，不仅龙纹线条贴金，其他线条也多贴金。但小式作法的线条主要是描金，也就是用金粉描画，俗称

“描金线”。

匠人们使用的线，出自鲁班祖师爷的发明。鲁班发明创造了很多工匠工具，不少古籍均有记载，如《事物绀珠》《物原》《古史考》等书中都有记载和论述。虽然工种不同，但石匠、木匠、瓦匠、油匠的工具名称都是统一的，凿子、铲子、斧子、刨子、锯子、尺子、锤子……石匠的锤子，用于开山凿石；木匠的锤子，俗称斧子，用于凿卯装榫；瓦匠的锤子，俗称刨锛；油匠的锤子是木制的，像烟袋，披麻挂灰用。这些工具的发明使用，将人们从原始繁重的劳动中解放出来，从而提高了劳动效率。

如今，老工匠作坊的手艺渐渐失传，匠人言线的区别是我从小耳闻目染领悟到的。今天用小文来言明，是受方言先生的《梓匠轮舆》启发。传承下来的实实在在的手艺已经着实不多，简记小文以念之。

致敬高空劳动者

有这样一群人，他们学历不高，甚至没有文凭，也没有多么高超的技能，但他们却以惊人的胆量完成了非常人能完成的工作。他们就是高空劳动者。因我有恐高症，每每站在高空俯瞰，腿都会不自然地颤抖，所以看到高空劳动者，总会心生敬仰，特撰文颂之。

为了输电安全，你行走在高空巡线，悬查高空线缆，三条高压线，你带电作业，冒着风雨巡走在三线一条的滑轮上，坐在安全带上，双手拉动，慢慢前行，检查安全，巡查风险，保障电力输送。为了艺术造材采伐崖柏，你悬挂在悬崖峭壁之上，一道绳索挂在绝壁，采集着绝顶的崖柏，你冒着风险寻找，不只为了生活，也为艺术。你们作业在高空，如同一艘摇摇摆摆的小船，停泊在有风的港湾，你们不是枕着波涛酣然入睡的水兵，不是地面上优哉游哉的观望者，你们是盛世大厦增砖添瓦的建设者，是养家糊口的顶梁柱。三个人作业，砌墙的，量板的，后期处理的，在颠簸中，你们彼此配合默契。在别人看起来心惊肉跳的工作环境中，你们泰然自若，在铲子与抹子的互动中，寻找着劳动的乐趣。

但愿太阳慢慢地亮相，少让劳累的你们汗流浃背；但愿和煦的春风吹过发梢，让你们精神百倍；但愿风雨晚来些，降低你们工作的难度。

劳动的人是最美最光荣的。你们朴实而坦荡，或许你们的生活没有那么悠闲自在，但是你们让我们的家园更美，让我们的生活更幸福温馨。

致敬高空作业的劳动者！

追云逐雨

早春二月，天气还有点凉，朝阳的山雾来得真快，如同翻滚的怒潮，翻卷着占满天空；又如薄薄的轻纱，清透而让人迷茫；又像顽皮的孩子，极不安分；或如梳妆的美女，千姿百态。不到半小时，它便占领了所有的地域，很快，满世界白茫茫。

在寂静中远望空旷缥缈的西山，雾中露出山顶和山根，但山腰还是白茫茫的，玉带似的缠着。云与雾忽聚忽散，仿佛天与人间融合为一体。多么迷人的雾啊，伸手去触摸，它调皮地躲开，贴到你的脸上，沾在你的头发上，盘绕在你身上。

多迷人的雾，它吞吐万象，变幻无穷，渐渐地，山雾如巨龙腾空变成了云。云更加厚重，盖住了大山，盖住了身边的田野，好像只要轻轻地触动就会滴下雨滴。弯弯的山路隐隐有人匆匆来往，急促地运动，随后就消失得无影无踪。

听，滴答滴答，雨慢慢地落下。早春似柔情的少女，悄悄踮着脚来了，不知有没有引起忙碌之人的注意。早春的雨是如此晶莹、明澈、可爱，它根本不像六月的暴风骤雨那般轰轰烈烈。

小时候，我便觉得下雨很有趣，逢雨天，我会拿着小板凳在家门口傻傻地望着天空，我想握住从屋檐滴落下的雨珠。冰凉的早春雨珠滴在手掌心，我还没有来得及握住，它就顺着手上的纹路滑下去，瞬间融入泥土。当一滴雨水落到嘴里时，我抿嘴品尝，凉凉的甜。不知为什么，那时我好兴奋，好开心！幼小的心灵便与雨结下了不解之缘，感觉“春雨贵如油”解开了我幼小的心锁。

如果我漫步在布满青石板的老街中，就会看到天上的青云掠过，天空下着初春的冷雨，雨水被青石板一点一点地吸收，有时甚至会有一种不理智的冲动——舔一舔这富有情感的青石板。走在这幽深而古老的故乡小巷，撑着那把发黄的油纸伞，我抬头向纵横的大山望去，远山，像桃花一样泛起春的红晕。

如果我漫步在大石河边的滨河公园，弯了的驼背桥担负着雨水，也许会在桥上巧遇像白娘子一样的姑娘，她的脸庞是否会如羞红的杏花？湿润的空气中弥漫着阵阵幽香，驼背的小桥告诉我："'沾衣欲湿杏花雨'般的意境也不过如此。"

如果我漫步在田野，雨小而缠绵，衬着早春柔嫩的草色，淅淅沥沥地动人心弦，却无声地入地。云彩飘忽不定，恍如人间仙境一般，唯有杜鹃哀伤地在雨中穿梭，可谓："绿遍山原白满川，子规声里雨如烟。"

如果我依靠在高楼的窗边，欣赏春雨的豪放，就会看到那大滴的雨珠从房檐上落下，溅起一串串的水泡，再汇集成小溪，流入大河。苏轼的"白雨跳珠乱入船"，大概就是这个意思吧！

东边日出西边雨，道是无晴却有晴。阳光从雨中穿过，若是在夏天，肯定会有一道彩虹，呈现出一片灿烂，让人一看心醉……

捡　豆

人老了总爱回忆童年的事，回忆多了还有点返老还童的感觉，可总挂在嘴上也让人心烦，所以我就把记忆写下来，也算是个纪念，闲时翻开看看，更觉得有意义。

又到秋天，不觉想起了童年野跑的时光，最让我开心的是小伙伴们在野地里烤玉米和毛豆。老家的秋景是迷人的，蓝蓝的天空下，一望无际的田野像一幅美丽的油画。绿的是玉米，红的是高粱，黄的是谷子，矮的是豆子，更矮的是白薯，开着粉色喇叭花的是芝麻……若从下向上看，层次有序；若从上向下俯瞰，色彩斑斓。回想起那个时光，沉着而热烈，冷峻而奔放，大地上处处是一派繁忙丰收的景象，孩童们欢快的笑声点缀在平原大地上。

童年时会跟随母亲到田野里捡毛豆，一会儿捡一个，一会儿捡一个，把皮剥下，把豆装入一个兜儿里，捡到成熟晚的青豆就放在一起，渐渐地成了捆儿，看到小伙伴儿了就会装着腿疼腰疼地躺下歇会儿。有小伙伴提出到远处的路边烧毛豆吃，大家把各自捡到的青豆交到一起，便纷纷忙活起来，有的找大土块搭炉子，有的捡柴禾，我负责抱着青豆。可能是柴禾不太干，非常难点着，大虎划了几根火柴都没点着，二军找来一些干叶子，先慢慢点，再一点一点地把干叶子加上，大亮鼓起腮帮子吹呀吹，像个鼓风机，呼、呼、呼，噼噼啪啪，火终于烧了起来，一缕缕青烟直升天空，漫过了青天，漫过了童年的幻想，跟随我们的笑声渐高渐远……样子像个老练的炊事员，用根高粱秆当烧火棍挑拨着火，一阵微风吹来，洋子被烟呛得直流眼泪，风助火势，豆荚在火中噼里啪啦地炸响了，咧着嘴，好像在朝我们开怀大笑。

豆烧熟了，伙伴儿们灭了火。豆荚呈焦黄色，浓郁的香味儿让人垂涎欲滴。小伙伴脱下衬衫，叉开腿，呼呼地使劲扇起来，顷刻，豆子露了出来，伙伴们一拥而上，似一群饿狼抢食似的捡拾着熟豆。豆子吃在嘴里“嘎嘣”“嘎嘣”，真香！小伙伴们像小猪跳槽一样，蹦来蹦去，伸出满是黑灰的手你摸我一下，我摸你一下，越摸大家脸上越花，像极了戏台上的包拯和李逵，笑声一片。

夕阳西下，晚霞映红了半边天，小鸟唱着回巢的歌儿，我们背起捡豆的兜儿，说着笑着朝村子里走去。回到家，母亲看我灰头土脸的样子，哭笑不得。

大街上响起梆声和酱豆腐的叫卖声，母亲把捡来的豆用簸箕簸干净，换豆腐、酱豆腐和臭豆腐。豆腐用小葱来凉拌，酱豆腐和臭豆腐直接夹在新出锅的玉米饼上，那叫一个香。再喝上一碗棒子面粥，天下的美食也没有这好吃。这么多年了，我依然记忆犹新。

自父母走后，一直没有回过家乡，但从雄县、安新、容城及周边部分地区变成了雄安新区，高速路也方便了，便经常回老家看望乡亲们，看望我童年的小伙伴。他们也都已年过半百了，听说长生老弟已经走了，而且走得特别急；大虎半身不遂，走路不太方便；小亮身体健壮，做着杀羊的买卖，生意还不错，并且还盖起了三层小洋楼；锁成已是头发花白。我很愿意跟他们聊天，聊童年的事，偶尔相遇会说个不停。

大片的土地已经种上了树，而且整排整排的，童年的大平原在不久的将来可能会变成大森林，为的是青山绿水。以后的生活肯定错不了，等我退休后一定回老家居住，颐养天年。

工业是经济增长的主体

多年来我做工业实体经济，总结和积累了一点经验。

自 2016 年下半年，工业企业进入了一个残酷的时代，有些企业或因环境不达标，或因安全不达标，或因质量不达标，或因税务问题受到了相应的处罚。特别是京津环境治理，给本来就疲软的实体工业企业增加了挑战性。其主要原因是前几年采用粗犷式管理模式，埋下了企业落后的隐患。企业在大政策环境下，只能关停或转让，或退出低端产业进行升级改造。

国际金融危机的余波已经波及中小企业的核心利益，如大宗商品材料的涨幅，很难控制判断其价格轨迹。压地产、减库存、去产能……一切管理措施都在实体民营经济中体现。特别是京津冀实体民营工业企业，在市场放缓的压力下，又赶上了清退低端产业的潮流，本就艰难的工业企业更加难以维持。如今民营工业企业都处在一个危险时期，在此我对工业经济分析如下。

经济增长的主要因素在于劳动力、资本以及技术发展水平。当年我国贫穷落后时期，具备相当规模的剩余劳动力，但初始资本积累和生产技术都落后于其他国家。改革开放引进外来资本后，有了一定的技术条件。而当前经济条件下，我国已具备了先进的技术研发和生产水平，吸引和引进国外技术，推动工业经济，成了主要因素。经济发展初期，经济增长与工业化是相辅相成的，人类社会发展到今天，还没有哪个国家不通过实体经济，不经过工业化直接进入现代化。第二次世界大战时期，主要强国都是工业强国，当时发展现代科技，主要指标是钢铁产量，因为造船、造车、造炮都要用钢铁，所以钢铁成为那个年代主要生产力的代表。第二次世界大战后，进入和平发展时期，中国当时处于落后阶段，工业发展也是从大炼钢铁开始的。到改革开放后，工业经济企业发挥了重大的作用，如电子、电气自动化等，从落后到鲤鱼跃龙门式地进入科技发展的巅峰。而这些突破性发展，都离不开工业经济的推动。

在当今国际化时代，强国俱乐部越来越自我强化，落后国家的机会越来越少。历史的发展经验告诉我们，贫穷国家想翻身似乎只有一条很艰难的路，那就是踏踏实实提高实体制造业的工业化质量。发达国家虽然全面领先，但发展到一定程度，人工成本必然促使企业产业升级改造，因此发达国家在利润的驱使下，必定要转移低端制造业。自 2016 年后，大批的国外企业转移到东南亚建厂，而国内大型企业也从内地转向国外，像富士康、福耀玻璃等，都出国建厂。发达国家把低端制造业转移到发展中国家建基地生产。发展中国家承接低端制造产业后，必须要完善相应的基础设施，提高配套水平，甚至增加技能培训，提高公共服务水平，从此迈上轰轰烈烈的工业化道路。在这一过程中，发展中国家逐步积累了技术水平、管理模式和专业人才，必然会逐步往产业链上游转移。劳动者收入提高，教育水平提高，管理水平也提高，其中我国就是最大的受益者。

中国在 20 世纪一举成为世界工厂，走上了工业制造业之路，但也增加了环境成本，大片土地、水源受到污染。大量的生产制造业在建厂过程中占用了土地、资金，并破坏了周边环境，废水、废气、废料的无序排放，造成水源、空气、土地的污染。工业发展让国家背负了严重的包袱，因此国家提出去产能、去库存，在“创新发展”的前提下，调整产业结构，同时利用环境治理，实施了一系列的强硬措施，并在能源成本上涨的前提下，拆违建、退低端、抓安全。这些举措对实体工业无疑是把双刃剑。对小型企业来说，企业成本增加，利润缩小，风险加大，产量缩小，这些打击对此类企业来说几乎是致命的。

在大环境的影响下，国家也出台了一些促进经济发展的措施。其中金三角经济地区纳税的有力实施，“一带一路”开拓，军民产业融合和当前国家提出混体改革，对工业制造业高新技术成果的转换起了鼓励作用，这些都是企业可寻求的出路。

当前从 GDP 看，我国工业化制造能力已遥遥领先，当然，这并非意味着我国就是工业制造业强国，同美国、德国、日本等工业化国家相比，依然有很大的差距，我国实体工业依然有发展和提升的空间，国家想要强大，工业依然是经济增长的主体。因此，我相信经过此次经济实体整顿，国家依然会把工业当作推动经济发展的主体。

北沟烟雨

久居北京房山的人都知道，在太行山麓的燕山余脉，有一个世界闻名的周口店猿人遗址，这里就是“北京人”的发源地。周口店“北京人”遗址的发现，为人类起源的研究提供了可靠依据。

在“北京人”的发源地燕山翅展的翼下有两条河，一条称南沟，一条称北沟。

北沟因煤而出名，因煤而富裕，煤曾是当地居民的经济宝藏。北沟的大安山蕴藏着丰富的煤炭资源，所产的大红煤（因煤炭表面附一层硫化物，略呈微红色，故称红煤）质量好，燃点高，在北京市场久负盛名，始终有大规模开采。然而大安山山高路远，要想把煤炭运出山区，是难上加难。于是，在大安山与大石河交界处，一些煤窑即在此地设厂贮煤，并设厂销售煤炭，久之，此地便被称为红煤厂，并随着人口的增加而形成村落。旧时运输主要靠骡马和毛驴，于是，过去的大安山山沟中毛驴、马队和赶脚人的队伍络绎不绝。后来，大安山被划为京西矿区，政府对煤区规划设计施工，在巷道矿井安全和运输上加大投入，完善了各项设施，人们开始有步骤地勘探挖掘。特别是改革开放后，乡镇企业及村庄开始大面积开采，靠山吃山，北沟人富裕了。凡事有利就有弊，因运输车辆行驶在红煤厂与大安山之间，逢车坏路堵，三天两头难开通，整个北沟一片黑漆漆的。过度开采破坏了生态，破坏了环境，也伤害了人们的身体。自20世纪末开始，北沟人喊着“不要金山银山，还我绿水青山”的口号，开始治理煤污。

如今，北沟变了，青山绿水，空气清新，红煤厂建立了检查站，繁荣了一个世纪的大安山煤业退出了北沟赖以生存的行业，成功转型为以开发旅游为主业。北沟古村落文化犹如一串明珠，鲜活地记录了村落的兴衰。

房山猫耳山下的古村落南窖，建于明清时期，部分古建筑至今还在。据《房山区地名志》对南窖村的记载：明已成村，村庄坐落在猫耳山北麓小盆地南部的一条山沟内，山沟口窄腹阔，形状如窖，故名南窖。这里的古民居和古寺庙，原汁原味地保留了下来。据了解，村里的人们祖祖辈辈靠种地、挖煤为生，建筑以各家经济状况来定，有钱人家院子不但大，而且装饰也极其讲究。其中果家大院是南窖保存最为完好的一处院落，大院是三进四合院，共四套院子，分别是正院、中院、跨院和东院。

正院是果家大院的主体建筑，也是最华美的、唯一保留有垂花门的建筑。进入大门，映入眼帘的是一进院的垂花门，坐北朝南，前影壁是砖石垒砌，黄土勾缝，白灰抹面。倒座房五间，硬山皮条脊，蝎子尾，棋盘格铺顶。石板瓦压底，五架梁，南向左右各三个方格窗，步步紧装饰，虎皮石墙。中间一间为门楼，七层踏步带垂踏，门楼上方为木质灯笼框门罩，带雀替。穿过垂花门，便来到了院子里，正房五间，中间一间为过厅，由此可进入二进院。二进院是该院的最后一套院。到了这里才知道什么是深宅大院。正房五间，五架梁，硬山皮条脊，蝎子尾，棋盘格，石板压底，虎皮石墙，七级踏步带垂踏，前廊带雀替，门窗木质，大部分为灯笼框装饰。东西厢房各三间，均为五架梁，硬山清水脊，棋盘格，蝎子尾，木质门窗，“寿”字纹装饰，虎皮石墙，如意台阶。

中院为四合院格局，规模仅次于前院，倒坐房五间，中间一间原有门楼，现被封死，门楼西向，墙腿石为汉白玉雕刻，右边刻“诗书继世”，左边刻“忠厚传家”，回文勾边，灯笼框门罩，四个门簪为荷花形，分别刻“三、阳、开、泰”四字。院内房屋已改建，原格局为正房五间，硬山皮条脊，蝎子尾，棋盘格，石板压底，虎皮石墙，七级踏步，东西厢房各三间，后期因受财力限制，用料较简单，房子制作粗糙。

跨院是果家大院最小的一套院子，现存正房三间，西房三间，均为硬山皮条脊，蝎子尾，棋盘格，石板压底，虎皮石墙。

东院是最后一套院子，位于最东边。其内院地基高出外院一米多。原有正房三间，东西耳房各两间，东西厢房各三间，院内现有门楼一座，是一座完整的古村民俗建筑。

除了果家大院，还有罗家大院、李林院、杨家大院……北沟古村的历史通过这些古建筑很难得地保存了下来。

在古建筑集中的地区，富足的大户在修建民宅庭院的同时，也会修建寄托宗教信仰的古寺庙宇及家庙。南窖村曾有寺庙多座，但随着时间的流逝，如今我们能观赏到的只有真武庙、娘娘庙、玄帝庙。

与娘娘庙相对的大沟南岸是南窖古戏台，现周围已种上庄稼，较为残破。戏台分前台和后台，前台三面透空样式，光线通亮，轻盈奇巧，纤细玲珑。装饰多运用彩绘、雕刻等手法。彩绘主要有雷云纹、回锦纹、如意花卉、戏曲故事等，多运用青绿彩绘；雕刻则有透雕、浅雕，整体上给人一种鲜艳华美的视觉效果。在过去，戏台背靠青山，前有小河缓缓流过，倚岸而建，风景极佳，山水回音与鼓乐、声腔共鸣。唱戏声上可传至北安村，下可传至水峪村，形成了奇特的沟道传声效应。南窖村因地处山区，水道纵横，人们可以在船上看戏。过去一到表演时，水上、岸上的人络绎不绝，热闹非凡。戏台作为村民娱乐欢庆的地方，它见证着民间戏曲文化曾经的繁荣，是这个古老村落独特的文化景观。

古建筑群落必有家祠，有家祠必有庙宇，有庙宇必有戏台，有戏台的地方必有庙会，这是中国民俗的共性。百花山寺庙每年都有庙会，每到春天，新芽初放，丁香花正开，山下该播种的土地基本种完，小苗尚未长齐，庄稼人难得清闲，这正是百花山庙会的日子。庙会前几天各村要提前报到，筹备各项花会事宜。花会是自愿的，各路花会队伍由香头带领，前面有三尺大铜锣开道，后面紧跟一面大旗，旗上有威武雄壮的双狮绣球像，称为“灵宫大旗”。

紧跟其后的是十二面彩色大旗，分别绣有龙凤图案，信徒及各会手抬着娘娘銮驾，持三角黄布小旗，踩着乐点，依次紧随其后，将娘娘銮驾从百花山顶殿请下来，在村里供奉三天。这几天，有狮子会、法器会、吵子会、音乐会、中幡会、大鼓会，轮番上阵。

出会是有规矩的，要在活动时放三声铁炮。第一声炮：各会把子负责人到场；第二声炮：在会人到龙庙院聚齐；第三声炮：起会，表演开始。这时，村里大街小巷挤满男女老少，家家接闺女回门，请亲戚朋友赶会。在文化较落后的时代，各种民间艺术向人们传播着正能量，起到了传播历史、教化百姓、凝聚人心的重要作用。

山梆子戏具有强烈的北沟特色，在北京京西文化里有着浓重的色彩。过去，逢年过节、庙会、婚丧嫁娶都要请戏班子来唱大戏。当时京西北沟的山区没有其他娱乐形式，人们唯一的娱乐方式就是看大戏。每次唱戏人们都接亲唤友，欢欣鼓舞，倍感其乐无穷。一次与作家凸凹先生交流，他提到了具有北方文化代表的民俗艺术山梆子，而且先生随口哼唱，那韵味中带着北沟鲜明的文化气息。山梆子戏历史悠久，每出戏都个性鲜明、爱憎分明，戏剧中惩恶扬善、颂忠锄奸，弘扬了社会公德、传播了美德。通过演出山梆子戏教育人们知道该怎样做人，这就是山梆子戏的历史价值和社会价值。

如今，京西北沟已经不是原来的北沟，环境变了，天蓝了，路宽了，树木也更绿了，自然，心情也和原来不一样了。

靠山而居

杂乱的车辆和喧哗的人流搅得人在城市无法安身，逃避是最好的办法。一种把祖宅翻修一新，回老家过田园生活。另一种是借居在大山深处的亲戚家。亲戚家距自己工作地点不远，40 分钟的路程，公路沿山蜿蜒而至，空气清新，沁人心脾。我和夫人都满意后者。

在燕山展翅的翼下有个九龙山，此山与金陵景区相连，且山的西北侧山谷中有泉水涌出，向东南流淌，千年不断，符合所谓的“朱雀起舞”，故而风水俱佳。九龙山附近有一猫耳山，因主峰山脊东西对称，从正西远观，酷似一对猫耳而得名。

本人对猫耳山非常感兴趣，曾专程前往探访。选了古人当年进山常走的路径，途经东西两处山脊，并登顶金章宗歇凉台遗址（崇圣宫），从这里远眺可看到棺材山、青峰岭大断崖，向北观望纵横的群山，西北有著名的白草畔和百花山主峰。下行便是我选居的三合村，村子不大，原以产煤为主，1999 年该村被确认为采空区，村民大部分已搬到良乡镇于管营村安置。全村耕地现已全部退耕还林，以种植柿子、核桃、杏为主。我被这里优美的生态环境吸引了，便选了一农舍小院作为修养之地，小院不大，主要是借山而居，可远望辽阔空旷的山坡，为原本的生活增添了一份悠然。

在不大的院子里长满了各式各样的草，我把那些叶片较大的，或者长得比较高的草除掉，比如艾蒿、野麻子，这样一来，细小的草就有了更好的养分和生长空间，也许一两年就可以自然地长成草坪。院子附近的植物开了一种我叫不出名的花，很漂亮，颜色不一，白色的、红色的、黄色的，形状好像老家的野菊花。

五月的山里，在山野小路旁常会遇到大片大片的小野花，整个山坡就像一片花海，但没过两天就被山里的村民们割光喂牛了。如此的花海场景让我感动，但在村民眼里它们只是一片野草，他们只有看到地里的庄稼长得旺盛才高兴。我是农民出身，知道精神与物质相比哪个在村民心中更重要。

看着这些忙碌的老年村民，那种朴实、善良、勤劳无处不在。年轻人都搬迁进城了，剩下的多是体弱的老年人，他们不愿离开风景如画的山村，城里快节奏的生活让习惯了悠闲自得的农村生活的人们不习惯。日出而作，日落而息，春耕秋收，种瓜点豆，早已成了他们的习惯。沿山坡看到老乡的豆子地里开了很多像满天星一样的小野花，夫人摘了几枝拿回家插在花瓶里欣赏。隔段时间我再路过时，那片豆子地里的野花被刈得干干净净，全部扔在山坡上。后来听人说城里花店有这种花，如果简单包装一下，一束花起码卖一两百块钱。

植物也是喜欢群居的，山里的野花都一片一片的，这样更能抗风。就像人们用现代逻辑审美书法艺术一样，只不过是闻一闻香不香，看一看鲜艳不鲜艳而已。

幽兰山谷，登峰观望，神奇而古老的封建帝王陵寝与纵横交错的山脉，演绎着一个时代的变迁。

靠山边的那栋房子、坡前的篱笆小院，悠闲自得地观望着那片山野，然而郁茂的枝杈拦住了眺望的视线。不管是那九龙山下破败不堪的龙陵，还是后山那栋靠山而居的小房子，好像都在诉说着什么，然而，猫耳山的两只耳朵早已听惯了那古老的故事。城里人想休闲，山里人想勤劳；

栽植的花木要精心护理，山间的野花却很自然地绽放。也许这就是命运不同而追求不同的道理吧。

几个月的居住是短暂的，入秋后苹果红透了，柿子黄了，核桃也该落了，山坡上种的篓瓜也开始发黄了，我们却准备回城了。锁房的时候，夫人悠闲地采来一朵又大又好的野花随手插在门锁的扣吊上，在山风的吹摆下它好像在和我们挥手道别。看着这山、这房、这漫山遍野的青枝绿叶，它们仿佛都在望着我们：你们什么时候回来呀？我真舍不得这环境优美的自然风光。

时过两年的冬季，有一次去看那靠山而居的农舍，房子依然坐落在那里，但满山的野花败了，只剩光秃秃的山野，而在那锈迹斑斑的锁扣吊上，赫然插着一根枯萎的干枝，它在等待着我们的归来。

落雪有声

提到冬天，人们自然会把满街的萧条和枯萎的景色连在一起，似乎冬天总是冷酷无情的。然而，我并不这么认为，我认为冬天是沉思的季节，也是储藏的季节。大雪纷飞的声音，给圣洁的冬景配上了一曲动人的乐章，静下心来，默默地欣赏那落雪的声音。

雪是这个季节特有的风景，也是这个季节盛开的花。“白絮”漫舞，落似棉花，飞似鹅绒，追赶着步履匆匆的行人，染白了他们的眉梢。

大地银装素裹，冰清玉洁，雪为冬眠的小麦铺上了一层崭新的棉被，让小麦明年春天苏醒后生根发芽。柳树上也挂满一束束洁白的珍珠项链，比象牙刻的还精致，比玉雕的还要玲珑。

晨曦中，伴着飘落的雪花，吟诵着“山头堆白雪，风里卷黄沙”的古诗词，望着雪花飘飘，踏着深深浅浅的足迹，步履声声。踏雪声伸向高山，伸向原野，引出我更多的沉思。

午后，雪一直在飘，沏一壶清茶，看着滚烫的热水中翻滚着绿色的嫩芽，落雪的声音便随着一缕茶香沁入心底。

不知不觉夜色笼罩了童话般的世界，寂静的夜使落雪的旋律变得格外动人。在这天籁之音的环绕下，自觉心灵纯洁无垢，思想澄清如洗，身体格外放松。

“宝剑锋从磨砺出，梅花香自苦寒来”，雪也不例外。水经过蒸发，在严寒里凝结，遭遇乌云的磨炼，才凝成如此娇美而晶莹的雪花。雪花纷纷扬扬，铺天盖地，创造出世界上最伟大的绝美景观。

“白雪却嫌春色晚，故穿庭树作飞花。”雪花以细小的花瓣笼罩了大地，笼罩了一切虚伪和杂乱，笼罩了浮躁的思想与追名逐利的欲望。尘世间，哪种花儿能比得上雪花的晶莹和纯净？

作为宇宙的过客，走得太快，却忽视了路边的风景，想要的东西太多，却丢失了最宝贵的纯净。但雪花不同，洋洋洒洒，无拘无束，是一种境界，更给人一种震撼。

雪是世上最富有情感的东西，它的生命虽然短暂却精彩，阳光照耀着大地，皑皑的白雪正在悄悄地融化。万物静观皆自得，雪落，雪融，万物有声，不妨静下心来什么也不要想，取一卷诗词，品一杯香茗，用这个季节所有的醇厚丰满自己。

解读“托孤”之后

“读书破万卷，下笔如有神。”这是杜甫的名句，而郑板桥却说：“读书数万卷，胸中无适主。”这两句诗看起来意思截然相反，但实际并不冲突。杜甫的话无疑是对的，熟能生巧，勤能补拙，这是亘古不变的道理。但是如果读书贪多而嚼不烂，缺乏驾驭知识的能力，自然会产生“胸中无适主”的感觉。因此老子在《道德经》里辩证地提出“少则得，多则惑”的哲理。读书要读到精髓，精髓的地方要深入地思考，这是值得我们重视的问题。

凡读过《三国演义》的人都会记住刘备、诸葛亮以及“三顾茅庐”“托孤”等重要人物和情节，对后主刘禅的昏庸也都会深深感到痛心。然而仔细品读全书，发现刘禅固然可叹，而作为蜀汉顶梁柱的诸葛亮对此负有不可推卸的责任，至少在育才这一方面有很大的失误，甚至犯了包办一切的错误！诸葛亮该放手时不放手，“皆听相父处置”成了套在后主刘禅脖子上的绳索。

1994 年版《三国演义》第六十四集里，刘备在白帝城托孤之时，曾对诸葛亮嘱咐：烦丞相将诏付与太子禅，令勿以为常言，凡事更望丞相教之！刘备临终时不仅将军国大事交付于诸葛亮，更希望他能够教导刘禅，培养刘禅。可惜，诸葛亮没有体会到这一点，而是从忠君的角度付出了自己对刘氏的一片赤诚。诸葛亮放松了对后主刘禅的积极引导，平时不分大小事统统由自己包揽，使得刘禅有了依赖性，后来不成大器。

实践出真知。蜀国上将王平手不能书，但在历次的战争中积累了丰富的临战经验，在街亭一战中，提出了极为正确的建议；张飞以好酒鲁莽著称，却能智退曹操于长坂桥，生擒刘岱，释放严颜，智取瓦口隘，可见其智勇双全，他是在长期战争中磨炼了自己，增长了才干，变得胆大心细，最终成为一代传世名将。这些都离不开“实践”二字。而后主刘禅整天深居后宫大院，一切大事小情均不自己动脑费神，自然变得游手好闲，只请诸葛亮代劳，这样终日无所事事，自然会沉迷于享乐。正如一把好的钢刀，如果不经常使用，也会生锈。历史是这样，现实更是如此。

“望子成龙还是望子成虫”在当今社会引起不少争议。“两耳不闻天下事，考上大学最光荣”，如果生活中总迁就孩子，就会使他们心灵脆弱，思想懒惰，遇事钻牛角尖。细讲起来，家庭、学校、社会也是像诸葛亮一样，不管什么事都包办代替，只在乎孩子成绩的高低，别的似乎都可以忽略不计。

诸葛亮事无巨细都要过问，从全局谋划到具体指挥，从士兵训练到派兵部署，从粮草装备筹集调运到功过赏罚都由自己处理，甚至杖责也要亲自调查一下才放心，整天忙忙碌碌，疲于奔命。一个人的精力是有限的，诸葛亮不把这有限的精力集中到关键的事情上，却用来处理无穷无尽的烦事杂务，岂不会力不从心？

今天我们不能苛求古人，指责诸葛先生的处世方式，但应该从蜀汉失败中寻找教训，对古人光辉的一生做出深刻的思考。诸葛亮致力完成先帝遗志，“六出祁山”希望攻克魏国，统一天下，复兴汉室，却没有注意到身后无主，只得无功而返。

“皆听相父处置”的危害性很大，特别是在育才过程中，往往会阻碍被教育对象的先天才智，埋没他们自身的才能优势。我有一儿一女，孩子们大学毕业后我优先为儿女找到工作，女儿是学质量管理的，我为她找了技术质检员的工作；儿子学的是经济管理，我为他找了地质勘察的工作。但二人均未参加，都回自家公司就业。起初我是真不放心，后来，我与夫人身体不好，渐渐地托付二人。女儿主管工厂主体运营，儿子主管工程项目技术，我没有插手多管，他们遇到问题才主动找我帮忙处理，时间久了俩人都练出了适应社会发展的能力。如果我过多地干涉他们发挥能力，不就落个“托孤”的下场了吗？

重新认识诸葛亮在育才之路上的失误，启迪后人摆脱“托孤”思维，大胆放手，积极正确引导后辈，以更好地培养年轻一代的自主自创能力。今天我如此无理地指责一代名相，既是在警醒大家当今社会依然出现的这种现象，也可以说，这是我在“读书破万卷”后所获得的一点深入思考，望读者阅后批评指导。

土泥墙下

在我的老家有一处老院子，我就在这个老院子里度过了童年。那时附近与我同龄的孩子至今也都经过了风雨摧残，成为年过半百的老者。每当想起和他们一起玩耍的情景，我就会不由自主地沉浸在当时的欢乐中……我家的老屋是“里生外熟”的房子，里面用坯子，外面用砖。因砖是烧制的而坯子没烧过，故人们形象地称之为“里生外熟”。那时盖的大都是蓝砖房，盖房用的砖和坯子比现在的个头都大，房子墙厚，有冬暖夏凉的效果。还有条件不太好的人家，盖空斗砖房，外面的砖一层卧着，一层立着，里面是空的，这样能节省不少砖。也许今天“里生外熟”的房子不被人所知，但在二十世纪六七十年代非常流行，并且这种是非常坚实的砖土结构，外形也非常讲究。母亲说，我家老屋土坯是用上好的河泥脱的坯，砖也是上好的砖，整墙接合，看起来非常坚固。

小院四周一圈的土泥墙，从外观看，墙体已经被雨水冲刷得沟壑纵横了。它比“里生外熟”的房子早建很多年，可以称得上是老墙了。童年时对土墙没有什么概念，但我常常蹲在墙角玩弄西瓜虫和小田螺，有时也会“钻研”一些消灭毛毛虫和蚊子的有效办法。最感兴趣的就是逗引老墙下面的蚂蚁和蚯蚓。

当知了在树上奏出美妙音符的时候，葱绿的草丛在老墙下的泥土里散发出清香。阴凉的老墙下一只成年的蚂蚁推着比自己大几倍的食物，慢慢向前移动，几只头顶树叶的蚂蚁匆匆地走过，也许它们是在准备秋天的食物。蚂蚁分两队，一队从左边进，一队从右边出，看似杂乱，实则行走有序。

我用一根木棍在一只蚂蚁周围画上了一个圈，蚂蚁顿时惊慌失措，害怕地倒退了几步。我又画上了一个圈，它再次吓了一跳，没有办法的它只好硬着头皮向前冲。它小心翼翼地碰了碰那条线，感觉没事，这才放心大胆地迈开腿跑了过去。

哈哈，我要制造一场水灾，看它如何应对。我在老屋的水缸里舀了一瓢水，轻轻地、一点一点地往蚂蚁身上倒，它一下子就漂了起来，六条腿飞快地滑动，身子拼命地挣扎。没过几秒它又被水冲倒，再次顽强地站了起来……

经过两次考验之后，我觉得应该奖励一下它。我掰了一块玉米窝头蘸上香油放到地上，看它如何搬运。它看到食物后，急匆匆地向洞穴跑去，不一会儿几只蚂蚁就闻着香味跑了过来，它们观察了一番周围的环境，然后就用它们的信号通知了洞穴里的所有蚂蚁。过了一会儿，黑压压一片蚂蚁就出来了。蚂蚁们把这块玉米窝头围得水泄不通，有的推，有的抬，有的拖，有的把玉米窝头咬成碎块往回运。就这样，这群蚂蚁一步一步地把玉米窝头搬回了蚁穴。整个过程我迄今还记忆犹新。

劲往一处使，齐心协力，这不正是我们应该学习的团队精神吗?

童年如同泥土墙周围的野花，自由散漫地开放。童年时，任何东西都显得那么神秘：那爬满墙壁的牵牛花，像喇叭似的呼唤朝阳；墙上的壁虎，静待蚊虫尽享美食；土墙下的野菊花洋溢着无拘无束的幸福……

童年是多姿多彩的，老土泥墙承载了我的许多童年记忆。

如今，“里生外熟”的房子和老土泥墙都被拆了，取而代之的是红砖瓦房和砖墙。每次回到老家我都会站在院内回顾那段往事……

追寻年味

近些年，每逢春节，总会听到有人抱怨：“这年味怎么越来越淡了呢?”我深有同感。感喟之后，总会沉浸在对往昔的回忆中。40 多年前在老家过春节，年味十足，至今想起，依然如蜜似酒，挥之不去。

年味在母亲忙碌的身影里酝酿：蒸年糕，蒸馒头，炸丸子；拆洗衣物，扫房子，擦柜子，连炉坑板都刷得干干净净；踮着小脚贴窗花，乐呵呵地忙碌着。年味在父亲匆匆的脚步里升华：掰着手指算细账，推着小车赶年集，和泥搬砖垒灶台，磨刀霍霍杀公鸡。

除夕上午，一切安排妥当，裁出两条窄窄的红纸，挽起袖子研墨，挥笔写出那多年不变的春联：一夜连双岁，五更分两年。渐浓的年味印刻在孩子们期盼的眼神里，丫头爱花，小子爱炮。年前那几天，兄弟姐妹们显得异常出息，帮妈妈推碾子，帮爸爸扫院子。目的显而易见，就是多得几个压岁钱，实现心中的期盼。

浓浓的年味弥散在那热气腾腾的年夜饭中，弥散在那此起彼伏喧嚣响亮的鞭炮声里，弥散在初一清晨大街小巷络绎不绝的拜年队伍中……令人陶醉的年味在忙碌中孕育，在期盼中升腾，在喧嚣中尽情绽放。年味中凝聚着亲情、友情和乡情，在这特殊的日子里，借助浓浓的节日氛围，这些情感得以升华。

世道太平了，日子富足了，人们过年不再像原来那么忙碌，但年味哪儿去了？到饭店吃年夜饭确实省事，但狭小的包间里，找不到年味；腰包鼓了，孩子们也失去了期盼，甚至对百元大钞的压岁钱也没了兴趣。春晚堂而皇之地代替了守岁，钢筋混凝土的格子房里找不到三婶四叔二大妈，同一单元的邻居见面问一声“过年好”已经是很奢侈的享受了，尽管大家满脸笑容，但找不到年味。

日新月异的通信工具演绎出电话拜年、短信拜年、视频拜年，尽管便捷，但年味少了。年味真的渐行渐远，难以追寻了吗？快节奏的生活真的稀释了血浓于水的亲情？手机里存储了几百个电话号码却没有一个是老家乡亲的；那转发的拜年短信尽管煽情押韵，总不及促膝执手的交谈；

优裕的物质生活让“过年吃顿饺子”成了一句调侃……人们的精神家园真的要荒芜了吗？

年味，归去来兮！

难舍的年俗

“糖瓜祭灶二十三，离年还有七八天。”我的家乡在农村，过年的习俗挺多。母亲从腊月二十二就开始忙碌，一直忙到正月初六或初七才能得空。最忙的是年三十和初一这两天，三十摆家宴，初一磕头拜年，这是老祖宗留下来的规矩。

大年三十，早晨开始，上坟、接祖宗回家、摆家堂祭祖。接祖宗是非常隆重的，家门口要贴上大红对联，家父最喜欢的一副对联是“忠厚传家久，诗书继世长”，再挂上灯笼。中午开始祭祖，先摆上祖宗及已故的三代宗亲牌位，再摆上供品，上香四根，长辈带领晚辈磕头敬拜，祈求先人保佑家门昌盛平安。这个风俗，传统的家庭还在延续着。

年夜饭也是有讲究的，在中国的传统习俗中，年三十晚上是要居家团聚的。备上一桌家宴，祖孙聚在一起，聊家常、问寒暖，总结一年的工作，布置来年的计划。一年来的婆媳矛盾、妯娌矛盾、兄弟意见、父子隔阂，在年夜饭上，一句温暖的话，一声真挚的祝福，也许就能得到化解。

“一夜连双岁，五更分二年。”除夕过后的第一个早晨，家乡的习俗叫起五更，谁家起得早，就表示谁家来年会勤奋发家。这天早上，全家人坐在一起，论资排辈，长辈坐在上，子孙坐在下，开始吃新年的第一顿合家团圆饭。小辈们要给长辈磕头拜年送祝福，平辈之间也要相互用吉祥话祝福。最高兴的是孩子，老人要给孩子们压岁钱，数量不限，这可是孩子们一年到头最大的一笔收入。吃完饺子还要给本家叔伯和宗亲们拜年，邻里之间，亲戚朋友，都要走访到，一上午下来虽然腰酸背疼，可人们甘之如饴。传统的民俗，多少代都是如此，人与人之间的关系，从这天起就是一个新的开始。

但不知从何时开始，大家参与摆家堂祭祖、给长辈磕头拜年的热情逐渐降低。原来都是全家老小，现在则是每家派个代表，全民制变成了代表制。吃团圆饭，对于很多人来说，也只是桌上吃一吃，玩玩手机的事，除此之外，再无更多的交流。虽然仪式越来越淡，但我希望中华民族的“中国年”文化传承不要中断。

其实一年一度的除夕夜、摆家堂祭祖、拜年，不单是一种形式，更代表着一个家族的文化传承，它们可以让晚辈们更深入地了解家族史。如今，家乡依然保留着这种难舍的年俗。愿家人多团聚，人们多孝敬父母。

纳　福

“小孩儿小孩儿你别馋，过了腊八就是年。”忙碌了一年的人们，在年关将近时开始为新年做准备。虽说筹备年货已不再像过去那样年味十足，但春节的文化内涵无法改变，贴春联、挂灯笼、纳福……书法家文化下乡送福字，斗大的福字送去了温暖。

家乡的年关大集流传着“女孩买花，男孩买炮，老太太请福怀里抱”的说法。童年时期，杨柳青年画在新年时是最流行的，年年有余、百子图、和和美美之类的年画挂满整条大街；现场挥毫的文人编写出祥和喜庆、符合时代特征的新春对联，寓意风调雨顺、国富民强，斗方福字是书写最多的字。

何为福？在《说文解字》中，“福”字基本解释为一切顺利、幸运，与“祸”相对。无论是现在还是过去，

“福”字都寄托了人们对幸福生活的渴望和对美好未来的祝愿。

“一夜连双岁，五更分二年”是一副传统老对联，把除夕描写成新旧交替的时刻。据说年是一头猛兽，会祸害百姓，为了驱赶猛兽，人们要守岁，用鲜红的对联阻拦猛兽，用鞭炮驱吓猛兽。待吓跑了猛兽已到半夜交子之时，吃饺子，晚辈要给长辈磕头鞠躬，长辈给小孩压岁钱。这才算过年。门上贴着用红纸写的“福”字，为了更加吉祥，把福字倒贴，寓意“福到了”，保佑新的一年风调雨顺、全家平安、丰衣足食，这便是纳福。

在生活中，人们常常把福、禄、寿、喜、财放在一起，谓之“五福”；《韩非子》载，全寿富贵之谓福；《尚书》所记载的五福：一曰寿，二曰富，三曰康宁，四曰修好德，五曰考终命；2008 年奥运会时曾用福娃做吉祥物，五个亲密的小伙伴，让全世界人民感受到强大、幸福的中国在快速发展。

心平气和、宽厚仁和、忠孝人和、富贵如意、福寿绵长，此为人生五福。人生五福如何求得？用平和的心态做事；宽厚待人，诚信为本；遵纪守法，忠于本职；孝敬老人，善待老弱幼小；富贵不能淫。如此才能修得安康长寿之福。

国富民强，没有国家安定哪来幸福的小家？没有民族团结哪来社会安宁？没有亲朋友善哪来和谐？没有国家富强哪来国泰民安？没有忠诚敬业哪来幸福生活？民生福祉代表幸福、美满、祥和的生活环境，安定的社会环境，持久稳定的政治环境。

年到了，福到了，合家团聚聚来了幸福，邻里间迎来送往送来了祝福。

日　子

日子没有固定的方式，一天紧挨一天，日历也一天一天翻过，从未空缺，从未间歇。

我们生活在编程好的日子里，从早到晚重复着生活的故事，有时井井有条，有时乱成一团，工作的紧张和情绪的波动，把自己搞得焦头烂额，实际是日子与事务没有很好地交融。静下心来，用耐心和智慧过日子，就会收获较好的效果。

日子如水，每天流动在江河湖海，从不停歇，不知冲洗了多少人间的污泥；日子也像云，怒时遮天蔽日，静时飘游自然，一时阴云密布，一时晴空万里。四季也把更多的理讲明：春夏秋冬，春暖花开、夏山如碧、秋收果浓、冬藏万储，四季分明，把日子分割成段。

四季变化中，日子有喜有忧，虽然如此，但日子要一天天过，尽情努力，方能不负韶华。

小　年

春节是中国的传统节日，从腊月二十三，春节就将一只脚迈进了千家万户。二十三“糖瓜粘”，北方称这一天为“小年”。每年腊月二十三，民间要向灶君供上糖瓜、糕点等，祈福求顺，这称为“祭灶”。

祭灶仪式是在晚上，习俗由来已久。相传灶王爷每年腊月二十三晚上要回天庭向玉帝述职，届时会把民间每家老百姓的疾苦、烦恼带到天上禀告玉帝，初一五更时分，灶王爷才同玉帝告别归位，就算完成了一年的汇报。

为祈求风调雨顺、五谷丰登、全家平安，民间常会大办祭灶仪式，以讨好灶王爷。

这一天，吃过晚饭，由当家主将活公鸡绑好放到灶王爷的画像前，画像两边贴对联：“上天言好事，回宫降吉祥。”当家主行跪拜礼恭送灶王爷回天宫，跪拜后要燃烧灶王爷像。

腊月二十三的糖瓜是用麦芽糖为原料做的，形状也多种多样，有的形似元宝，有的形似香瓜，还有的形似麻花。这天，满街铺地摊的游商小贩都有糖瓜卖，有的还沾上青丝、玫瑰，红红绿绿的，可好看了。人们图的是吉祥，更多的是犒劳一年到头被烟熏得黑黑的灶王爷、灶王奶奶，希望他们回宫向玉帝禀报时嘴巴甜甜蜜蜜好说吉祥话。

母亲每年都虔诚地祭灶，等到过年买年货时再请一尊灶王爷像。灶王爷的像要说“请”不能说买，大街上卖年货、年画、香火的地方都有。大年三十的早晨，母亲做的第一件重大的事就是请灶王爷上灶，春节的第一锅饭也是敬灶王爷的。

如今，小年不再是什么重大节日，但每年腊月二十三起，各行各业的人都开始因“年”而骚动，不管是官居显位的要人还是平凡普通的百姓。春节这个能唤起亿万人柔软情怀的节日，就像一个强大的磁场，将中国人牢牢地凝聚在“团聚”这一信念上。

写出了“我”的丰富世界

——品点吴海涛散文集《一蓑烟雨任平生》

黄长江

读吴海涛的散文集《一蓑烟雨任平生》，我有一种感受，那就是：远的近的、易见的难觅的……都被他敏锐地洞察而摄于笔端。

散文集共分五个部分。

辑一“最是故乡情”是写故乡情缘的，共9篇作品。

《雄安儿女荷花情》从“最亲莫过于母亲，最爱莫过于家人”起笔，写到了故乡的荷花以及自己对荷花的爱，然后讲述自己爱读朱自清的《荷塘月色》，让人产生一种“爱”的通感。这种爱是质朴的，是真挚的，也是有穿透力的。这篇文章还以孙犁的《荷花淀》对自己的影响很深为引子，展开对《荷花淀》中多个细节的回顾与理解，写出了雄安人的敦厚质朴、含蓄可爱，以及无畏的精神。最后以“2017年4月1日，一条重要新闻炸开了：雄县、容城、安新三县及周边部分地区合并设立雄安新区……”宣告，在新时代背景下，故乡将迎来翻天覆地的变化，“呈现出‘映日荷花别样红’的风采”。读至此，读者必然会感受到这不仅是一篇散文，还是一篇宣告故乡将要雄起腾飞的宣言书。

读《母亲》和《父爱如山》，我感受到吴海涛是很有孝心的人，自小父母的形象就在他的心里扎下了深深的根。《母亲》一文蜻蜓点水般的描写，勾勒出了那个特殊年代的母亲的形象，“母亲就像苦菜花，童年时失去了母亲，根苦；自己勤奋努力到了高小毕业，却因身份问题屡屡受挫。”这是一个平凡的母亲，也是一个伟大的母亲。《父爱如山》中父亲的怀抱像“温馨、平静的港湾”，他的肩膀“坚实、牢固”，但他有时也很严厉……这是像山一样，有平缓一面，也有严峻巍峨一面的父爱，以致吴海涛“对父亲不单有依赖，更有敬畏”：“童年时怕他——因为顽皮，我总闹得家中不安宁，怕他打我；少年时怕他——因为怕他检查我的作业和成绩……再后来怕他——怕他身体江河日下。”这最后的一“怕”不仅表达出吴海涛对父亲的孝、敬和爱，也令人感悟：山也是会塌的。读之明理：孝

敬父母要趁早。

《小名》通过人的小名与时代、父母的期望的纵横联系，趣味地介绍了故乡人的取名文化。以小见大，这又何尝不是整个中华民族的取名文化呢？读《梦里百草园》总会联想到鲁迅先生的《从百草园到三味书屋》，不仅从标题会想到，就是读内容的过程中也会不自觉地在心里进行比较和对照。然而吴海涛的《梦里百草园》确确实实又是属于他自己的，是与鲁迅的《从百草园到三味书屋》大不相同的。吴海涛的《梦里百草园》有着对太爷爷的深切怀念。

《鸽子往事》从一段“鸽缘”写起，吴海涛表面上是写鸽子，其实是借写鸽子表达对父亲的深切怀念。因为在吴海涛的记忆中，父亲与鸽子是有密切联系的。“自从父亲走后，鸽飞巢空。”“虽然窝在，但鸽子因主人的离去，也自然淡忘了对老巢的旧情。”这时的鸽子，似乎又寄托了吴海涛的一些乡恋情思。《家乡豆腐坊》通过豆腐和豆腐坊怀想家乡。《家风记事》名为记事，实际却比一般的记事略高一筹，是一篇精短的随笔漫谈，从记事而起，却有对家风家训的理解、感悟和认识，具有深度。《难以割舍的故乡情》是吴海涛在送母亲骨灰回归故里时，因看到乡亲们前来迎接母亲“亡灵”的场面，心灵受到撞击而创作出的作品。他把翻腾在脑海里的童年琐事碎片般倒出来，多年后故乡的点点滴滴仍在记忆中清晰浮现，借此表达了自己对故乡的深爱。

辑二“乐游小记”共9篇，吴海涛观察细致，无论抒情还是叙事，都言之有物，不空洞。

《状元府》是写武状元钱治平的一篇传记，吴海涛的叙述看似平淡，却平淡中见传奇。读之难免会想到韩愈的《张中丞传后叙》和柳宗元的《段太尉逸事状》。

《观梨花飘落时》和《游灵峰寺记》是吴海涛闲暇时，就近游访之作。《观梨花飘落时》是一篇因赏景而记事写人的散文，景描写得美，事记得跌宕起伏，人写得活，命运也真让人深感哀怜。《游灵峰寺记》是一篇游访古寺的小记，饱含游山寻访古迹的野趣和怡悦。

《草原余晖》《金色的阿拉善》《三峡游记》和《五台山记事》也属于闲暇游览之作。其中《草原余晖》和《金色的阿拉善》都是写内蒙古的，一个写草原，一个写胡杨。《草原余晖》中，吴海涛与草原的距离由远及近，“黄昏，天空是一片柔和的色彩。”“走进草原，花香遍野，芳草依依……”“走在草原上，放眼望去，那一轮将要下沉的夕阳就悬挂在遥远的天空……这美景深深地勾唤出我久违的想象……使我细细地梳理起内心纠结的情感。”“草原的风，

送来阵阵花香”“草原的霞，在夕阳周围编织成橘色的彩绸……”这样的景致，不言美也美到极致，这样的感受，不说舒服也无比舒服，当然能够有效纾解吴海涛“在大城市竞争中的紧张情绪”。《金色的阿拉善》引经据典地对居延海胡杨及胡杨林进行礼赞，油画般描绘了阿拉善的金秋之美。《三峡游记》和《五台山记事》一个因水而游，一个因山而往。《三峡游记》有描写有记游，描记极简，并引用许多诗歌，让诗中之意境与眼前之景相映成趣，笔法巧妙，语句长长短短间跌宕跳跃，似含玄机。《五台山记事》通过对五台山的介绍和游赏，吴海涛感悟到：“五台山的清凉不仅是一种生理感觉，也是一种心理体验……让人从心底里感觉到怡人的清凉。”而从寺庙建筑看，吴海涛又看出了“五台山的寺庙建筑独树一帜，自成体系”的内行门道。感悟是深刻的，观察是细致的。

《梦江南》和《琐园》则像是文旅考察的所得。《梦江南》一文，文字简短，却把整个江南写得情意浓浓、诗意绵绵，一种散文诗般的意境缥缥缈缈地轻罩在人心间。读着，也隐隐约约感到，这篇《梦江南》与《琐园》似乎有某种联系，或许是《琐园》的情丝旁逸斜出？若此，《琐园》也得到了倒影般的意境延展。《琐园》以游踪而串珠式平叙的方式讲述了琐园中“旌节石牌坊”“敦伦堂”“红庙”“永思堂”“务本堂”的来历。其间隐含着些悲悲苦苦的故事与人生，却又各自彰显着德、孝、忠等思想和某种坚毅的力量。

如果说辑二“乐游小记”只是游、观和记的话，辑三“生平感悟”就是上了一个层面的“感”和“悟”了。辑三共16篇作品，有因事而感的，有睹物而悟的，也有直从心境而来的。

《自相矛盾》和《一蓑烟雨任平生》是因事而感的作品。《自相矛盾》讲述了一个发生在城乡接合部大集上的故事，很精彩，比古人讲的寓言故事《自相矛盾》还精彩。尤其当高潮处出场的小个子年轻人亮出身份时，故事发生了质的变化，跃到了另一个层面。而末尾的点题：“新时代的自相矛盾也是屡见不鲜……”又让故事的内涵提升了一个层面，引发读者发散思考。《一蓑烟雨任平生》是吴海涛事业失意时的感悟文字。文章以苏轼遭贬时所写的诗词自勉，以身受宫刑的司马迁写出巨著《史记》、多次受挫的邓小平成为中国改革开放的总设计师为例告诫自己：“披一身蓑衣，任凭风吹雨打，一定要坚持下去。”同时也告诫读者及世人：“遭遇挫折时，以一颗平常心对待。”写出了平常中的不平常，这是一种境界。

《上善若水》《窗外有雨》《随风联想》和《崖柏联想》是

睹物而悟之作。吴海涛或因水而想，或因雨而思，或由风和崖柏而让心驰骋。《上善若水》是一篇就“善”而起的感悟性的随笔，用此题作文者恐怕不计其数。作者别出心裁，从居身之处的大河和校园门口的“上善若水”几个大字谈起，然后引出“燕山布衣”（赵思敬）在微信朋友圈发表的文章，通过“智者”的话讲出成功人生的六种境界。最后感悟而获得真谛：“对待困难须‘百折不挠’；对待生意须‘聚气生财’；对待朋友须‘包容接纳’；对待境遇须‘能屈能伸’；对待贫穷须‘周济天下’；对待地位须‘功成身退’。”醍醐灌顶！《窗外有雨》看似写雨，实是写雨夜听雨时的情思。文章通过雨的滴答滴答声先后引出南方丝竹乐《雨打芭蕉》以及李清照、葛胜仲等写的有关雨的词，作者在雨声中理清了头绪：“深沉的夜，淅淅沥沥的雨，让我联想到眼下实体经济的境遇，如今的经济形势，唯有靠实干才能摆脱困境！”《随风联想》以发散的思维飘洒出关于风的众多联想：“风是大自然的精灵，风是大地的裙摆，风是四季的脚步，不停地变换着春夏秋冬。”“春天的风，送来温暖。”“夏天的风，带来凉爽。”“秋天的风，是伤感的。”“冬天的风，是寒冷的。”作者还如风吹落叶般飘洒出别具一格的感悟：“它带给我的不只是一丝战栗，一丝凉爽，更多的是一种精神——驭风前行，乘风破浪。”《崖柏联想》也是一篇发散性思维的创作文字，关于崖柏，作者从其生长环境、寿命、精神等方面入手进而说其非常珍贵，然后又介绍了崖柏的功效和价值，最后说人“为了利益而冒险”采伐它，“摔下山崖丢了性命是常有的事，造成终身残疾的也不少”。读至此，略感本文与李广田《山之子》有异曲同工之妙。不同的是一个写人，一个重写物，主客体调了位。《崖柏联想》更侧重于知识性和随笔性。

《多学少言》《梦与梦》《听从心灵的召唤》《朋友，请拔掉你心灵的杂草》和《心净》几篇是直从心境而来的作品，是心灵受到撞击瞬间而出的火花感悟。《多学少言》开篇点明“多学少言，是我对待生活的态度”，然后结合自己的亲身经历谈了一些感想和所得，指出：很多文人墨客“总感觉自己是行家，而对别人的作品指手画脚”，并谈出自己的观点：“应扬长避短，综合其笔法为好。”《梦与梦》前一个“梦”是做梦，是生理的梦，后一个“梦”则是追梦，是理想的梦。作者将两个“梦”放在一起，看似混淆，实则清晰明朗。“人人都在寻梦，在梦里总想改变自己的命运，但有些梦是可以实现的，有些梦却只能在梦里实现……”励志而教人理智、清醒，“做梦”(立志)要结合实际。《听从心灵的召唤》写的是一种人生态度，“听从心灵的召唤，认真地用心灵感悟，用眼睛观察，定能获得一片蓝天”。《朋友，请拔掉你心灵的杂草》是一篇告诫朋友的美丽随笔。心灵里咋会长杂草呢？这杂草是什么呢？读完，我们知晓，这“心灵的杂草”是自私，是嫉妒，是羡慕，是贪婪，是自卑，是自傲。作者一一点出其危害，的确，无一样不当拔除。拔掉干什么呢？“拔掉心灵上的杂草，培育心灵的一片田地，栽植鲜花绿草，让你心灵的环境美丽开明。”

《独坐黄昏后》和《优哉游哉》是具有年龄特征的思考和感悟文字。《独坐黄昏后》把自然时光的黄昏与人过中年的黄昏交织在一起，回忆着童年时在自然黄昏里的快乐时光，怀念起父母，思念起故土，感慨“未懂事的时候，我不懂黄昏，没有更好地用心、用爱去孝敬父母”。最后告诫读者：“夕阳无限好，莫怕近黄昏。”无意间流露出吴海涛的坚定和自信。《优哉游哉》是作者退休后的颐养感悟，也是一种人生态度和人生哲学，不仅为普通读者提供了营养补益，更适合退休老人作为为人处世、安享晚年的参考。

《东临碣石》和《源泉》是放入了辑三但放入辑二(乐游小记)也可的文字。两篇都是因物而抒怀，前者主要是面海抒情，叙写中带怀想而又兼谈感悟；后者则以泉怀想，感悟人生：“我们应滴水之恩涌泉相报。”平淡的语句却透射出融情的哲理。

辑四“万物有情”共18篇作品，都是写物或涉物的。这些作品，文笔都比较细腻，且大多饱含童心，因而读来格外有趣。《丝瓜情》《小草》《桃花魂》《白菜》《岁寒三友话情怀》《秋寒里的落叶》《西瓜》和《莲有心说》8篇都是写植物的，写法却各具特色，侧重点和趣味也全然不一样。

《丝瓜情》对丝瓜生长过程的描写十分细腻，而用丝瓜吓人一段又很富童趣。《白菜》这样的题目，也许学过作文的人都可以用来写文章，然而要写好确实不易。吴海涛这篇，我认为是值得一读的。文中有生活、有场景、有文化、有技法、有厨艺、有旁征博引的诗词，文章就热热络络地变得格外出色。《西瓜》这样极普通的题目，一般人作文只会写一到两个层面，而吴海涛这篇却写了多个层面。文中从出产西瓜的大兴写起，写了西瓜的口感、外形、栽种、价值，以及名字的由来，也写了母亲夏天用西瓜表达着对童年的“我”的爱，从“母亲带着我在集市上询价、选瓜，付钱后抱西瓜回家是我的事”，写到后来作者“每年瓜季会在大兴的庞各庄瓜市买上几个给母亲送去”。西瓜表达着母亲对儿子的爱，也是西瓜，表达着儿子对母亲的孝。本来言尽意齐了，文章却还没有结束，因为还有最后的点睛升华：“西瓜的一生与人生没有什么两样，但西瓜的甜来自浓郁的瓜汁，而人生的甜来自内心，甜久了就是幸福。”

这时真是言尽意却无穷了。

《小草》《桃花魂》《岁寒三友话情怀》和《秋寒里的落叶》是写花草落叶的，也各具写法和特色，且几乎都有情和精神品格在其中。读《小草》，会有三个层面的感受：一是小草给童年带来的童趣（放学后打猪草）；二是小草报以大地知遇之恩、虽没花朵却依旧高傲、把旗帜插在高山平原的可贵精神；三是“这份倔强，在中华民族的伟大复兴上体现得淋漓尽致”，引发思考：面对外强侵略，屈辱了百年的中华民族也具备这种精神。第三个层面是全文的升华，也是文章的奥旨。《桃花魂》先颇具文化品位地述及桃花，然后表达“我”对桃花的爱，“我写过不少关于桃花的文章，也喜欢唱和桃花有关的歌曲……每曲都能让我的内心泛起涟漪”。可是，这是桃花，作者说的“桃花魂”又是什么呢？作者再从《三国演义》“桃园三结义”的故事讲起，到了清代，“一些会党在颇为庄重的入会仪式上，也必定会插上桃枝，举杯结义，对天盟誓，以此象征‘桃园结义’”，“渐渐地，桃花就演变成‘忠义’的标志”。这时，读者不禁愕然而醒，原来，这桃花魂就是忠义。《岁寒三友话情怀》中的“三友”其实是指松、竹、梅。作者分别用古今人物的相关诗词及情怀对此“三友”进行了“话”，融情入理，使作品变得丰满浑厚，从而具有了品头。秋天的落叶往往给人伤悲的感受，然而作者在《秋寒里的落叶》一文中并不哀怨，只是感叹自己年过半百，头发由黑变白，满脸留下了深深的皱褶时，心里不时生起些沧桑之感。但他清楚地知道这是自然规律，是正常的，“人不过是这大千世界的匆匆过客”，他仍能淡定地捡起落叶，“审视它，就像品味现实生活一样，休味出人生的意义和价值”。这是一种平常中的超然境界。《莲有心说》则侧重写果实——莲之心，是对莲蓬及莲子的赞美，但吴海涛以“说”的方式道出了理与据，使小文具有了丰富的内涵而显出其“不小”。

《盐豆》《高末言茶史》《醋史新说》和《菊花白传奇》是跟饮食有关的盐豆、高末茶、醋以及菊花白酒的文化演绎或知识趣说。

《盐豆》是一篇因过年而腌制盐豆的怀念文章。不仅写出了今昔物质生活的异同，似乎也提出了乡俗传统作为非物质文化的传承与革新问题。“至今，村里依然流传着‘发盐豆’的习俗。”对于这一习俗，吴海涛的故乡是传承着的，吴海涛个人也是改良传承着的。《高末言茶史》以丰富的茶知识谈了茶文化及茶文化的发展变化，尤其是北京的茶史文化。品茗伴读时，文字间适时地会浮现出一个活生生的北京场景，一些有关北京的老照片。《醋史新说》通过对祖上五代厨师留下的一本泛黄的手抄菜料谱《醋用》

中的一章的解读，结合当今的生活追求，讲述了关于醋的许多妙用。《菊花白传奇》用颇为严谨的文字讲述了菊花白悠久的历史，而据作者的博闻强识：康熙六十寿诞时举办千叟宴，“凡六十五岁以上年长者，官民不论，均可按时到京城参加聚会，当时赴宴者有千余人”，文末“经档案查阅，千叟宴在清代共举行过四次，宴上饮用的都是菊花白酒”。可见，这菊花白酒载有多么浩荡的皇恩。真乃横贯中西，纵穿千古之传奇矣。

《丰富多彩中国扇》《石殇》《泥土的情怀》《秋之三色》则是写其他物类的作品。吴海涛或抒情感悟，或阐释明理，或描写显色，丰富的情感和广博的知识彰显了他的生活积累和创作储备。

《丰富多彩中国扇》如数家珍般介绍了扇子的种类、做法、用途与改良等，的确丰富多彩。《石殇》知识含量丰富，引经据典，情似汪洋恣肆，文字挥洒自如。从标题上看，好像是写一个有关石头的悲剧故事，然而读罢，却尽说京西房山出产的两种石头的对比，只字未提“殇”。文章留白，给读者留下宏阔的思考空间。掩卷沉思，原来，吴海涛用的是一明一暗的写法。结合文中的玩石赏石者以及被玩被赏之石，再结合几年前两种石头被开发利用得如火如荼，想着，确乃无处不殇啊！所以我认为，此当算一篇具有深度和厚重感的美文。《泥土的情怀》以泥土抒怀，寄燕子托情，表达了自己对故乡的赤诚之爱。《秋之三色》写出了秋的层次感：初秋的金色、中秋的红色、深秋的白色。尤其是中秋的红色一段，把“中秋前后是新中国的生日”“时代让红色记忆融入血液”“我们祖国的国旗也是红色的”与此时的中秋红色联系起来，自然的时令之秋就具有了人文的爱国的社会意义。

《雪》是吴海涛看天气预报知“今日山区有中雪”后刻意驾车山旅觅雪的散记。文章写了关于雪的所见所悟所感所想，吴海涛在引诗、描写、记叙、抒情间把雪写得很活泛，很有生命感（“雪，在邀约，在集结。”“那叼着烟斗的大雪人，多滑稽！”），也很美（“给人间带来了美的感受，给人们带来了无限欢乐。”）。

此外，《蛛趣》也是一篇令人过目难忘的作品。吴海涛以细致的观察描写蜘蛛，礼赞了蜘蛛的勤劳精神和“顽强不屈地征服一切”的精神。

辑五“那人，那事”主要是忆人记事的作品小辑，共18篇。

《说书人》和《田大栓》是忆写故乡人物的作品，都是以个人为写作对象。《说书人》首先把读者的神思拉到电视

机没有普及、以听说书为主要文化娱乐的年代，然后讲述了本家叔叔吴宝彦，“人送外号‘章圈’”的说书事迹和故事。目的在于“对乡村艺人的回忆，更是我对章圈叔的回忆”，阅读中也似乎感受到作者在对濒临失传的说书这一非物质文化发出哀叹。《田大栓》是乡村人物大栓子的小传，主要写了三层意思：一层是大栓子家以卖鞭炮而发家；二层是大栓子的亲事；三层是大栓子带有悲剧色彩的凄凉人生。第一层氛围营造得很足，让人感觉本文就是讲述卖鞭炮的故事，然而非也。通过“拐角楼”，从第一层上到第二层，且第二层是另一番景象。就如商厦的第一层卖化妆品，第二层卖服装。第二层不讲鞭炮的事，而只讲说亲一事，讲得跌宕起伏，也很有戏剧色彩。第三层呢，则是卖鞋或者体育用品的，且货物不全，主顾也不在，有一种凄清悲凉之感，给人以更多回头思考的空间。这是大栓子的人生，似乎也是我们身边某个人的人生，很有典型性。

《北京人》《匠人言线》和《致敬高空劳动者》也是写人，却是写群体的人。《北京人》以北京人的小吃美食为主，讲述了北京人的生活境况、吃穿讲究等。讲述过程中，作者也注意到了各色人等的不一样，并将时境定格在他记忆深刻的那个年代，也融自己于其中，很有现场感，很有温度，也勾勒出了一个润泽、有生气的北京形象。《匠人言线》

是一篇普及工匠用线基础知识的说明体散文。工种不同，用的线的颜色、用法和叫法也不一样。石匠用红线，叫“放线”；木匠用黑线，叫“弹线”；瓦匠用白线，叫“升线或降线”；装修工人用金线，俗称“描金线”。他们用的锤子也各有不同：“石匠的锤子，用于开山凿石；木匠的锤子，俗称斧子，用于凿卯装榫；瓦匠的锤子，俗称刨锛；油匠的锤子是木制的，像烟袋，披麻挂灰用。”一读便清楚明了。如今，文中线、锤均日渐失传，故更具有了文化遗存的价值。《致敬高空劳动者》如果把第一段作为序，则是一篇抒情散文诗。礼赞了为了输电安全而高空巡线的电力工人、为了艺术造材而采集崖柏者等高空作业者。他们“朴实而坦荡”，“让我们的家园更美，让我们的生活更幸福温馨”。作者的抒情和礼赞很直接，很真挚。

《追云逐雨》《落雪有声》和《日子》从标题上看似有些联系，却又好像没有什么联系。仔细品之，便能品出些或追求或境界超然或励志的色彩。《追云逐雨》是一篇集多种手法于一体的美文，最丰盈而又出彩的是想象。试看：“如果我漫步在大石河边的滨河公园，弯了的驼背桥担负着雨水，也许会在桥上巧遇像白娘子一样的姑娘，她的脸庞是否会如羞红的杏花？温润的空气中弥漫着阵阵幽香，驼背的小桥告诉我……”出奇且浑然天成。《落雪有声》是一

篇对雪的抒情礼赞，先赞其美，然后称雪也有“宝剑锋从磨砺出，梅花香自苦寒来”般的磨砺精神：“水经过蒸发，在严寒里凝结，遭遇乌云的磨炼，才凝成如此娇美而晶莹的雪花。”雪的脾性高洁固执：“白雪却嫌春色晚，故穿庭树作飞花。”诚如作者所说：“雪花以细小的花瓣笼罩了大地，笼罩了一切虚伪和杂乱，笼罩了浮躁的思想与追名逐利的欲望。尘世间，哪种花儿能比得上雪花的晶莹和纯净?”恐怕人也难有可比。“雪是世上最富有情感的东西”，面对雪，吴海涛自悟：“不妨静下心来什么也不要想，取一卷诗词，品一杯香茗，用这个季节所有的醇厚丰满自己。”《日子》文短意深，简而不单。字字珠玑地讲述了自己对日子的认识，并告诫人们：“四季变化中，日子有喜有忧，虽然如此，但日子要一天天过，尽情努力，方能不负韶华。”激励人心，催人奋进。

《捡豆》《土泥墙下》是童年趣事的回忆，很具趣味性。《捡豆》是回忆童年捡毛豆、烧豆荚、吃豆子等趣事的散文，有童趣，也有辛劳而获得乐享的体验和感受。既回忆了事，也回忆了人，于是思乡而经常回老家看望乡亲们，看望童年的小伙伴，这也是吴海涛不忘本的道德情操和精神体现。《土泥墙下》忆写老家“里生外熟”的老屋，详写了童年时发生在土泥墙下的一件趣事：自己见到一只蚂蚁，如何给它设置障碍，当连续设置两次障碍之后，蚂蚁依然安然无事，便给它“制造一场水灾，看它如何应对”，结果蚂蚁居然“再次顽强地站了起来……”这时吴海涛便奖励了蚂蚁，给它一块蘸上香油的玉米窝头，看它如何搬运。这蚂蚁呢，它并不是独自搬，而是去叫援兵。结果，“蚂蚁们把这块玉米窝头围得水泄不通，有的推，有的抬，有的拖，有的把玉米窝头咬成碎块往回运”。可见，蚂蚁是非常有智慧的。如吴海涛所说，这也“正是我们应该学习的团队精神”。也许，这便是土泥墙下给吴海涛留下的最深刻记忆，以致他每次回到老家，“都会站在院内回顾那段往事”。

《工业是经济增长的主体》《北沟烟雨》和《靠山而居》是一组递进性成系统的文章，是吴海涛有关工业经济的思考、产业转型的感悟与赞美、追求自然恬静的亲身感受，连贯读之觉得很有层次感和层层深入的掘进力量。《工业是经济增长的主体》是吴海涛就多年来做实体经济的经验来解读和理解国家的相关政策。既结合国内外环境，又结合发展概况和时代所需，有理有据，颇为深入。而散文的笔法又让人读来不觉枯燥，易于接受，进而充满信心。《北沟烟雨》从北沟因煤而出名说起，谈其村落古建、庙宇风俗、戏曲文化等，几乎写透了一个活动着的“球形”的北沟。

“如今，京西北沟已经不是原来的北沟，环境变了，天蓝了，路宽了，树木也更绿了，自然，心情也和原来不一样了。”写出了新时代发展理念与乡村美景呈现的明亮今天。《靠山而居》是因“杂乱的车辆和喧哗的人流搅得人在城市无法安身”而逃避到安逸的田园，亲近自然花草的所见所思所感所记。可贵之处在于写活了那些野花，写出了它们的一片“痴情”，自“我们”离开的瞬间起，它们就“等待着我们的归来”。那“一根枯萎的干枝”，也暗示其历经了多少个孤凄的日日夜夜，仿佛是留守老人们的象征或缩影。

《解读“托孤”之后》是一篇很有现实意义和社会价值的作品。兴许在事业上或者在教育下一代方面，我们身边的友人乃至我们自己都犯有诸葛亮在“托孤”之后犯的错。倘如此，诸葛亮都没能奈何，我们怎能奈何？庆幸能读到此文，最好的方法是依照作者的办法：放手不管，任其发挥，不过多地干涉他们发挥能力，让其自立、自强，自主创新。

《追寻年味》《难舍的年俗》《纳福》和《小年》都与年有关，只是侧重点不同。《追寻年味》是对年味的回忆与思考，乃至追寻。是啊，这些年，我们的物质生活越来越丰富了，可是我们的年味到哪儿去了呢？我们能追寻回来吗？引人深思：年味，是否也该设法保护？“年味，归去来兮！”《难舍的年俗》较为详细地介绍了家乡的年是如何过的。吴海涛认为，过年“不单是一种形式，更代表着一个家族的文化传承，它们可以让晚辈们更深入地了解家族史”，不忘来路，很有教育意义。《小年》讲述了“小年”这一传统节日的传说及过法，很具有地方特色和民俗文化色彩。同时也揭示了这是中国“年”这一重大节日的开篇：到了这一天，“各行各业的人都开始因‘年’而骚动”，很真切，不管你重视不重视，在中国，多少年来，“小年”的确一直如此。《纳福》营造了年关来临，人们祈福、纳福的氛围，通过现实生活与引经据典的结合，写出了“福”的深厚文化，更感悟到人生的五福“心平气和、宽厚仁和、忠孝人和、富贵如意、福寿绵长”，与如何求得五福：“用平和的心态做事；宽厚待人，诚信为本；遵纪守法，忠于本职；孝敬老人，善待老弱幼小；富贵不能淫。如此才能修得安康长寿之福。”令人醒悟，启迪人生。

吴海涛的散文，题材广泛，知识面宽广，他以一根看似平淡实却饱含酒精浓度和波普尔浓度的情丝，将所叙所述之物、事、人串联起来并跃然纸上，使文字既含醇香又具甜蜜，写出了“我”的丰富世界。

2021 年 5 月 8 日于鲁迅文学院

黄长江　中国作家协会会员，以及中国诗歌学会、中国散文学会等会员。北京儒博文化艺术院院长、中外名流出版社社长兼总编辑。发表、出版文学作品300余万字，个人专著有《觅纯》《抒写真正有意义的诗》《凉拌散文》《故乡扫描》《小炒诗歌》《星座》《乱炖小说》《我和我的妻》等近十部。曾获第八届冰心散文奖等奖项。

后 记

生活就像一个盛满五味的坛子，有很多甘甜，也有很多酸楚，不管是工作压力，还是生活压力，满了就会溢出，有的人选择喝酒释怀，有的人则会通过欢歌劲舞来宣泄。我从小喜欢文学，由于爱好读一些文学书籍，时间久了也爱好写点东西，借此抒发一下情怀。多年来，虽说一直十分繁忙，但还是忙里偷闲地写下了不少手稿。这些稿件中有诗词、散文和小说等。我几乎什么都写，想到什么就写什么，想写成什么就写成什么，以示对生活的热爱。

借着对生活的热爱，虽然从多角度写了一些拙作，但苦于缺乏专门的训练，使其大多处于“毛坯”状态。尽管近年来也整理出版了几本诗文集，却也略显粗糙。

经著名作家、房山区文联主席凸凹先生介绍，我有幸结识了北京儒博文化艺术院院长黄长江先生。早在十多年前，我就读过他编的“21世纪今选文丛”系列图书，知道他是可信赖的编辑家和出版家，便把这本散文集托付给了他。由于原稿是原生态的手写稿，在录入文字时出现了不少错误、遗漏，给审稿过程增添了不少麻烦，现总算成形，即将付梓，我很是感动。

这里首先要感谢散文大家王宗仁先生和凸凹先生为本书作序，给本书增光添彩。其次要感谢黄长江先生，以及与他的儒博文化艺术院合作多年的中国财富出版社有限公司及李小红等编辑，他们字斟句酌，为这本书打磨润色。黄长江先生还拨冗给全书写了点评，为整部作品集插上了飞翔的翅膀，使其像燕子一样飞向喜欢它的读者。

当然，还要感谢关心、支持、鼓励我创作的亲人、同仁和朋友们。

这本书的出版对于我来说，无疑是一个阶段性的创作成果小结，同样也是我新的起点，在文学这条路上，我还会继续努力，继续在文学这片土地上勤劳耕耘，用汗水浇灌作品以报读者。

希望本书能够得到读者朋友的喜欢，同时，也诚请大家批评指正！以备鄙人在今后的写作中有所改变，能更加适应文学创作的精品化要求，提升自我。

吴海涛

2021 年 5 月 9 日